정성다함

생기부

수정단

정성다함 생기부 수정단

수정단

생기부

정성다함

설재인 장편소설

이지북
EZbook

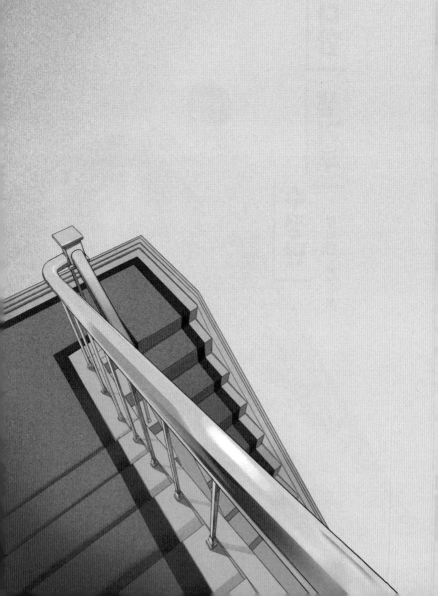

차
례

프롤로그

　학교생활기록부, 줄여서 생기부. 중고등학교에서 학생 개개인에 대해 기록하는 문서로, 주로 상급학교 입시에 적극적으로 활용되지만 사실 졸업 이후에는 딱히 볼 일 없는 기록. 그러므로 이른바 '좋은 학교' 진학에 별로 관심 없는 이들은 생기부 관리에 신경을 쓰지 않았다. 생기부 관리는 학벌 욕심이 있고 없고에 따라 중요도가 천차만별로 달라졌으니까.

　불과 오년 전까지만 해도 그랬다.

　지금으로부터 오년 전인 2030년, 정부는 독단적으로 '전 국민 생애 궤도 추적제'를 시행했다. 면접이나 상견례, 심지어는 동호회에서조차 상대의 중고교 시절 생기부를 열람할 수 있는 권리를 제도화한 것이다. 전 국민이 자신이 과거에 저지른 잘못을 책임지도록 하겠다는 것이 골자였다. 과거에 학교폭력을 저질렀음에도 잘나가던 연예인들을 생각하며 사람들은 제도에 적극 찬성했다. 그게 부메랑처럼 자신들에게 돌아올 줄은 몰랐을 것이다.

이십년 전의 생기부 내용에 따라 직원을 해고해도 부당해고로 여기지 않았다. 잘못된 내용, 심지어 악의를 가지고 기재된 내용을 아무리 해명해도 소용이 없었다. 정부가 정당성을 보장해준다는 게 근거였다.

가벼이 사람을 사귀는 자리에서도 사람들은 생기부를 서로 교환했다. 이 사람이 혹 지금 보는 것과 다른 인물일까 봐, 혹은 이 사람을 지인으로 두는 것이 향후 나에게 해가 될까 봐 사람들은 눈앞의 상대에게 생기부를 요구했다. 초기에는 출력물로 주고받았으나 위조 사례가 많아지자 정부가 아예 생기부 열람 전용 어플을 개발하기에 이르렀다. 이제 공유 버튼을 누르면 상대에게 자신의 생기부를 전송할 수 있었다.

내 학창 시절에는 생기부를 관리하지 않아도 괜찮았다고 아무리 토로해봤자 씨알도 먹히지 않는 시대가 되어버렸다. 모두가 눈에 불을 켜고 상대가 과거에 저지른 잘못을 찾아내려 애썼다.

가늘게 사는 사람들

"아빠, 성다정 사고쳤대요!"

칠이 벗겨진 철문을 열면서부터 다함은 소리를 빽 질렀다. 일층 주인집 내외의 귀가 거의 먹어서 망정이지, 그렇지 않았다면 득달같이 혼났을지도 모를 정도로 큰 목소리였다. 이어서 다함과 눈코입이 똑같이 생긴 남자애가 터벅터벅 따라 들어왔는데, 다함처럼 체육복 차림이 아니라 교복을 정갈하게 입은 채였다. 같은 반 학우들은 삼월이 끝나자마자 떼어버린 명찰까지 단단히 차고 있었다. '성다정'이라고 쓰인 노란색 플라스틱 명찰이었다.

이층 현관문이 열리고 트레이닝복 차림에 까치집을 한 남자가 슬리퍼를 질질 끌고 나와 아래층을 향해 손을 흔들었다. "왔냐!"

"아빠, 성다정 진짜 큰일 났다니까?"

다함은 계단을 두 개씩 성큼성큼 올라 까치집을 한 아빠 앞에 섰다. 셋집인 이층에는 일층보다 훨씬 작은 마당이 있었고, 거기에는 도저히 쓰임새를 가늠할 수 없는 고철들이 가득했다. 그 사이로 즐비한 화분들에서는 줄기식물이 고철을 타고 자라 있었다.

"왜, 무슨 큰일?"

아빠의 물음에 다함은 의기양양하게 말했다. "시험!"

"시험 왜?"

"쟤 혼자 수학 시험 백 점 맞았어요."

"반에서?"

"아니, 전교에서!"

전교라는 말에 아빠의 이마에 주름이 잡혔다. 아빠가 아직도 계단 아래 우두커니 서 있는 다정을 향해 천천히 손짓했다. 다정이 어기적어기적 올라왔다.

"정말이냐?"

"네."

"우리 가훈이 뭐지?"

"가늘게 오래 살자……."

"아빠가 제일 싫어하는 사자성어가 뭐더라?"

"낭중지추……."

"근데, 혼자 백 점을 맞았다고?"

"아빠, 근데요." 다정은 울 것 같은 표정을 하고 있었다. "정말 욕심부린 게 아니에요. 시험지를 받았는데 엄청 쉬웠어요. 구십 점 받은 사람 한 서른 명은 나오겠다 싶었어요. 그래서 딱 한 번만 해보고 싶었어요, 정말 그것뿐이에요……."

"거짓말이에요. 튀고 싶었던 거지." 다함이 옆에서 쫑알거렸다. "전교에서 쟤 혼자만 맞은 문제도 있거든요. 정말 진심으로 조절했다면 적어도 그 문제는 틀렸어야 하잖아요. 쟤 혼자 그 문제 맞히는 바람에 수학 선생님들이 지금 다 난리 났다니까요? 아빠, 심지어 서술형이었다고요. 풀이 과정에서 다 만점을 맞았어요. 아빠가 직접 심문해봐요."

아빠는 다정을 응시했다. 고개를 푹 숙인 다정의 정수리가 파르르 떨렸다.

"진짜야, 누나 말이?"

다정은 울음을 터뜨렸다.

"저도 칭찬받고 싶었단 말이에요. 나도 다 아는데, 잘할 수 있는데…… 전교 일등이라고 잘난 척하는 애들보다 내가 훨씬 공부 잘하는데……."

"야, 내가 그걸 모르냐?" 다함이 바락바락 소리를 질렀다. "그렇게 따지면 뭐, 나는 어떤데? 그래도 네가 생각이 있다면 그러면 안 되지. 우리 집 가훈이 뭔데! 아빠가 왜 그런 가훈을 정했는데!"

아빠는 눈을 질끈 감았다. 다함이 다시 말했다.

"너는 지금 네 욕심 때문에 우리 가족을 파멸시키려 하고 있다고!"

다정은 그런 생각은 아니었다며 동네가 떠나가라 울기 시작했다.

＊

'가늘게 오래 살자'.

쌍둥이 누나 성다함과 동생 성다정 그리고 아빠 성호형 씨 가족의 가훈이었다. 쌍둥이의 기억 속에는 존재하지 않는 엄마가 그 가훈에 찬성했을지는, 이미 명을 달리한 지 오래라 알 수 없었다.

호형 씨는 가훈에 아주 많이 집착하는 편이었는데 그건 본인의 개인적인(그러나 개인적이라기에는 한국 현대사에 너무나 영향을 받은) 경험들 때문이었다. 간략히 말하면 호형 씨는 나서부터 천재였고 그 사실 때문에 인생이 망해버려서 깨달음을 얻은 사람이었다.

대한민국에서는 절대로 특출나 보이지 말자. 남 눈치 보고 남 하는 대로만 하자.

그러나 불행히도 한날한시에 나온 쌍둥이 역시 청출어람의 천재라서, 호형 씨는 자신의 본래 성격과 달리 가훈에 대한 교육만은 강압적으로 해야 했다. 자식의 성취에 치를 떨며, 시험을 망칠수록 기뻐하는 학부모. 호형 씨는 그런 이상한 학부모였다. 어쩔 수 없었다. 그 서럽고 억울했던 과거를 어떻게 잊을 수가 있단 말인가. 겨우 권력층의 시기와 질투 때문에 이용만 당하다 파탄 나버린 게 자신의 인생인데.

"아빠, 정말 죄송해요."

다정이 울음을 그치는 것보다 지구가 멸망하는 게 빠를 것 같았다. 호형 씨는 물었다. "다정아, 그렇게 부러웠어? 똑똑하단 사실을 인정받을 수 있는 애들이?"

"네."

"근데 아빠는 궁금한 게 있다? 다함이는 안 그러잖아. 다정이 너랑 똑같이 다 아는데도, 잘 숨기고 백등 안쪽으로 들어가질 않잖아. 그런데 우리 다정이는 왜 자꾸 욕심을 낼까? 아빠가 그렇게 힘들었다고 했는데……. 다정이는 아빠를 미워하는 걸까?"

"절대 아니에요!"

"그럼 뭔데?"

다정은 콧물을 질질 흘리면서 대답했다.

"내가, 공부를 잘해서, 좋은 대학 들어가고 나중에 돈도 많이 벌고, 그러면 아빠한테 효도하는 거잖아요. 이대로 졸업하면 성다함도 나도 성공 못 한다고요. 평생 여기서, 바퀴벌레 나오는 집에서 살아야 하잖아요."

호형 씨는 한숨을 쉬었다. 그래, 아무래도 낡고 좁은 집에 사는 게 싫겠지. 모르는 건 아니었다. 고등학교 1학년이면 아직은 부모에게 의지할 나이인데 가난한 탓에 지나치게 어른스러워진 것 같아 미안하기도 했다. 게다가 자기 재능을 펼치지도 못하게 하고 있으니 더더욱.

그러나 호형 씨는 너무 특출나서 미움 받고 결국 생을 망쳐버리는 것보다는, 가난해도 복작복작 사는 게 낫다는 지론이었다.

그날 다정은 혼나지 않았다. 그러나 호형 씨의 용서를

얻지도 못했다. 하루 묵은 된장찌개를 다시 팔팔 끓여 상에 올려두고서는 눈치를 보며 밥이나 깨작거렸을 뿐이다. 다함을 있는 힘껏 째려보면서.

다함과 다정은 같이 쓰는 방에 들어와서는 이를 악문 채 복화술로 조용히 싸웠다. 복화술은 쌍둥이가 아주 어렸을 때 호형 씨가 가르친 것이었는데, 나중에 혹시 위기에 처할지도 모른다는 게 가르친 이유였다. 물론 지금처럼 큰 소리로 싸울 수 없을 때나 주로 쓰이곤 했지만.

"집안 분위기 이렇게 만드니까 좋냐?"

"잘못한 게 누군데?"

"이번만 어쩌다 잘 본 거라 치고 다음에 다시 망치면 되잖아."

"퍽이나. 다음엔 더 욕심내겠지. 아빠가 그랬잖아, 욕심 한번 내면 끝도 없으니까 처음부터 내지를 말라고."

"넌 가난한 게 안 싫냐?"

"어쩌겠어."

"나는 싫다고. 형제도 아니고 남매인데 여자애랑 같은 방 쓰는 거 싫다고."

"야! 나는 뭐, 좋은 줄 아냐? 그렇게 따지면 여자가 더 불편하지!"

"진짜 나는 금방 부자 될 수 있어. 그런데 아빠 과거 때문에 못 되고 있잖아. 솔직히 아빠 과거는 완전 옛날이고, 지금은 세상이 얼마나 변했는데!"

다정은 씩씩거리며 제 이불 위로 벌러덩 다이빙했다. 그러고는 벽을 향해 돌아누웠다. 눈물이 조금씩 차올라서 주먹으로 입을 틀어막았다. 등 뒤에서 다함이 부스럭거리며 방 반대편 끝의 제 이불로 가는 소리가 들렸다.

그때 문이 벌컥 열리고 호형 씨가 들어왔다. 호형 씨는 성다정, 하고 낮은 목소리로 다정을 불렀다.

"네?"

"너 아빠 방으로 잠깐 와봐."

호형 씨는 과거 일을 아직도 잊지 못해 잠을 자다 비명을 지르거나 몽유병 환자처럼 벌떡 일어나 걸어 다니는 일이 잦았다. 호형 씨가 쌍둥이와 방을 함께 쓰지 못하는 이유였다.

"내가 오늘부터 부엌에서 잘 테니까 안방 네가 써. 물건은 차차 옮겨줄게."

"갑자기 왜……."

"너희 싸우는 거 다 들었어."

"네?"

"토 달지 말고 얼른. 이불 챙겨서 안방으로 들어가."

"아니, 아빠……."

"들어가라고!"

호형 씨가 버럭 화를 냈다. 쌍둥이는 둘 다 얼굴이 파랗게 질렸다. 이렇게 소리를 지르는 아빠의 모습을 처음 봤기 때문이다. 다정이 잘못했다며 흐느꼈으나 호형 씨는 막무가내로 다정이 누운 이불을 질질 끌어 안방에 가져다 놓았다. 그러고는 자신의 낡은 이부자리를 들고 부엌으로 나갔다. 오늘의 설거지 당번임에도 호형 씨는 음식 찌꺼기가 묻은 그릇들을 개수대에 그대로 두고 물조차 틀어놓지 않은 채 한숨만 푹푹 쉴 뿐이었다. 그러더니 그냥 잠들어버렸다.

다음 날 아침 호형 씨는 깨어나지 못했다. 의식이 돌아오지 않은 채로 중환자실에 실려 갔다. 쌍둥이는 처음으로 학교를 결석해야 했다. 병원에서는 원인을 알 수 없다고 했다. 나 때문이야, 차가운 부엌 바닥에서 잤기 때문일 거야, 하고 다정은 죄책감에 시달렸다.

그리고 다함은 원무과에서 손을 벌벌 떨었다.

나쁜 일일까

"돈이 필요해, 아주 많이. 아빠가 그간 저축한 걸로는 턱도 없어."

다함과 다정은 부엌에 상을 펴놓고 앉았다. 다정은 시선을 내리깔고 있었다. 다함이 자신을 탓한 것도 아닌데 차마 눈을 마주칠 수가 없었다.

다함이 펼쳐진 공책 위로 펜을 놀렸다. 입원비, 검사비, 생활비 금액을 적고 지우기를 반복했다. 다정의 머릿속에서 숫자들이 더해지고 빠져나갔다. 어떤 수식으로 조합하든 무시무시한 규모임에는 변함이 없었다.

"아빠가 언제 일어날지 모르니까 우리가 벌어야 해. 검사도 한참 남았고."

"아르바이트로?" 다정은 사거리의 편의점과 패스트푸

드점 따위를 생각했다. 시급이 얼마라고 했더라. 반 친구들은 그런 곳에서 아르바이트를 시작해 최대한 돈을 모은 후 오토바이를 사서 배달 일을 시작하는 경우가 많았다. 그러나 오토바이를 탈 생각만 하면 다정은 자꾸만 교통사고의 확률을 먼저 점치게 되었다.

"푼돈으로는 안 돼." 다함이 일축하면서, 자신의 핸드폰을 들이밀었다. 핸드폰에는 다정은 쓰지 않는 SNS 창이 띄워져 있었다. 다정은 사람들이 싸워대는 게 싫어 SNS를 하지 않았지만 다함은 바로 그 싸움 구경을 하는 게 재미있다고 말하고는 했었다. 다함이 검색창에 생기부라는 단어를 넣자 주르륵 결과가 떴다.

생기부는 다정에게도 익숙한 단어였다. 선생이든 학생이든 맨날 입에 지겹도록 달고 사는 그 세 글자. 하품만 쩍쩍 나오는 교내 활동도 "생기부에 적힌다"라는 얘기만으로 중요해졌다. 다들 한 문장이라도 생기부에 적기 위해 하품을 참으며 지루함을 견뎠다. 거액을 내고 서울까지 가서 컨설팅 받는 친구들도 있다고 했다.

다함이 글 하나를 클릭하고는 다정에게 핸드폰을 내밀었다. "읽어봐."

[제목] 고등학교 생기부 때문에 차였습니다 ㅠㅠ

안녕하세요, 결혼을 앞두고 있는 예비 신부입니다. 예식장 예약까지 다 했는데 고등학교 생기부 때문에 파혼 위기예요. 2학년 때 과학 선생님이 교과 세특에 적으셨거든요. 불성실하고 예의범절을 지키지 못하며 학습 태도가 나쁘다고요.

사실 그때 저희 집이 파산하고 엄마가 쓰러지셨어요. 워낙 정신이 없고 우울해서 수업에 소홀하고 선생님께 반항한 것도 사실이에요. 생기부에 저렇게 적혀 있는 것도 전혀 몰랐어요. 당시에는 확인할 겨를이 없었어요.

제가 그래도 운이 좋아서인지 아니면 규모가 작은 직장만 다녀서인지, 남한테 생기부를 공유해야 했던 적은 한 번도 없었거든요. 결혼 준비하면서 처음 전송했어요. 그런 내용 있는지도 몰랐으니 남친 부모님께 그냥 보내드렸고요. 그런데 이럴 줄은…….

그래서 저도 남친 생기부 공유를 요청했거든요. 그랬더니 시부모가 펄펄 뛰어요. 남친 생기부 요청하는 게 아주 가증스러워 죽겠대요. 이기려드는 거냐면서. 그리고 바로 말하더라고요. 남친이 학폭 징계를 받은 적이 있는데, 나쁜 친구들한테 어쩌다 휘말린 거라고요.

저 어떡해야 해요?

"뭘 어떡해, 헤어져야지."

다정이 말하자 다함이 손등을 탁 쳤다. "그게 중요한 게 아니잖아."

"그럼?"

"이 글쓴이처럼 어쩔 수 없는 사정 때문에 생기부를 제대로 관리하지 못한 사람이 많다는 게 중요하지. 그 사람들은 완전 부당한 대우를 받고 있는 거라고."

다정은 다함이 뭘 말하고 싶은 건지 잘 파악하지 못하는 듯했다.

"나, 참." 다함이 보리차를 벌컥벌컥 마셨다. "그런 사람들을 도와주는 사업을 하자는 거야. 너랑 나랑 같이."

"어떻게 도와? 생기부 위조라도 하자고? 뭐, 정부 어플 해킹이야 어려운 건 아닌데, 그러면 의뢰가 올 때마다 해킹을 해야 하잖아. 꼬리가 길면 잡혀. 그쪽도 바보는 아니라고. 그리고 생기부를 작성한 사람도 멀쩡히 살아 있잖아. 만약 어쩌다 그 사람이 자기가 쓴 내용과 다르다는 걸 알게 되면? 예를 들어 우리가 유명한 사람 생기부를 조작해준다 치자. 그런 사람들 생기부는 전 국민이 알잖아. 만약 조작이 발각되면 돌은 다 의뢰인이 맞을 텐데?"

다정이 말하자 다함은 고개를 저었다.

"그게 아니야. 훨씬 더 근본적인 걸 건드리자는 거지."

"뭐?"

"우리가 그때 만들었던 타임머신, 그거 쓰고 싶지 않아? 아빠는 절대 모를 텐데."

다정의 속눈썹이 흔들렸다.

쌍둥이는 중학교 3학년 때 타임머신을 발명했다. 뭇사람이 흔히 상상하는 커다란 기계는 아니었고 몹시 복잡한 논증과 호형 씨가 아직도 버리지 않고 갖고 있던 사십여 년 된 286 컴퓨터 그리고 쌍둥이의 핸드폰 속 부품 몇 가지를 활용해 만든 포털이었다. 쌍둥이는 어디서든 핸드폰으로 포털을 열 수 있게 기술을 발전시켰다. 미래로는 이동할 수 없었지만 과거는 어느 시점이든 갈 수 있었으며(다만 장소는 변경이 불가능했다. 타임머신을 작동한 그곳에 그대로 떨어졌다), 놀랍게도 자신들이 과거로 이동하면 현재의 시간은 정지되어 흐르지 않는다는 사실도 알게 되었다. 일종의 유실물이 생겼음을 우주가 감지했기 때문일까. 어쨌든 고안하고 실행에 옮긴 본인들도 이게 정말 될 줄은 몰랐다. 자신들이 무엇을 만들었는지 알게 되자 너무 놀라 사흘 동안 식음을 전폐했을 정도였다. 그때 호형 씨는 쌍둥이가 아픈 줄 알고 어찌나 전전긍긍했는지.

쌍둥이가 타임머신을 특별한 목적으로 쓴 적은 드물었다. 다정보다는 간이 크고 한국사를 특히 좋아했던 다함이 조금 더 많이 사용했으나 아무래도 안전이 걱정됐는지 어느 순간 서서히 발길을 끊었다. 다정은 딱 한 번, 다함과 함께 엄마를 보러 갔었다. 쌍둥이를 낳고 바로 돌아가셨기에 아는 거라고는 사진 속 얼굴뿐이었는데, 그날 처음으로 움직이는 엄마를 보았다. 손을 잡아보고 싶어서, 미리 준비한 전단을 나눠주며 아르바이트생 시늉을 했다. 전단을 모른 체하는 사람들 사이에서 엄마는 두 손으로 종이를 받으며 말했다. "수고하세요." 집에 돌아와 남은 전단에 코를 박고 킁킁거리는 다정에게 다함은 매번 "지지"라 말하며 혀를 찼으나 그 이상 뭐라 하지는 않았다.

거기까지였다. 고등학교 진학 후 타임머신은 한 번도 작동한 적이 없었다.

"그걸 써서 뭐 하게?"

"생기부 조작, 아니 생기부 수정 의뢰를 받는 거야. 부당하게 잘못된 생기부를 받았다고 주장하는 사람들한테만.

당시로 돌아가 그 사람의 주장이 옳은지 확인해서 정말 부당하다고 판단된다면 올바른 내용으로 바뀌게 도와주는 거지. 우리가 조작하는 게 아니라 생기부를 기록한 교사가 옳은 내용만 다시 적도록 만들어주는 거야."

"그걸 하루에 다 판단한다고? 거기서 자고 올 건 아니잖아."

"현재랑 왔다 갔다 하면서 계속 살펴봐야지."

"우리가 모르는 지역으로 다녀야 하면 어떡해?"

"항만시 근처 의뢰만 받을 거야."

항만시는 쌍둥이가 나고 자랐으며 아직까지도 살고 있는 곳이었다.

"만약 못 돌아오면 어떡하지?"

"그래봤자 겨우 이삼십년 전 한국 땅이야. 우리라면 적응하면서 살 수 있을 거야."

"뭐?"

"장난이야. 설마 그런 일이 일어나겠냐? 우리 둘이서 서로 지켜주면 되지."

"의뢰비는 얼마나 받게?"

"많이 받을 거야. 이 기술은 우리밖에 없는 거잖아. 그리고 아빠가 얼마나 오래 병원에 있어야 하는지도 모르니까.”

다정은 다함을 바라보았다. 계획을 듣자마자 가장 먼저 떠올랐던 질문을 아직 던지지 못했는데, 이제는 꼭 물어야 했다.

“그 혹시…….” 다정은 다함의 눈치를 슬쩍 보았다.

“이러는 게 나쁜 일 아니냐고? 그거 물어보려고 했지?”

다정은 깜짝 놀랐다. 역시 자신은 다함의 손바닥 위에 있는 것 같았다.

“나도 잘 몰라.” 다함이 말했다. “모르는데, 한 가지는 알아.”

“그게 뭔데?”

“그래서 우리가 의뢰인을 정말 신중히 선정해야 한다는 거지.”

첫 번째 의뢰인
: 어떤 종류의 용기

'정성다함 생기부수정단'이라는 이름은 다함이 지었다. 성다함과 성다정을 섞어 만든 이름이었다. 원래는 '생기부 조작단'이라고 지으려 했으나 '조작'이라는 단어의 부정적인 뜻 때문에 다정이 극구 반대했다. 본디 조작보다도 더 강한 단어, 예컨대 '점령' 따위를 원했던 다함으로서는 아쉬운 노릇이었다. 다정은 '관리'를 제안했으나 그건 다함이 거부했다. '생기부관리단'이라는 명칭은 서울 강남에 포진해 있다는 컨설팅 업체들을 연상시켰기 때문이다. 게다가 표준국어대사전에 따르면 '수정'의 뜻은 '바로잡아 고침'이었다. 잘못된 것을 바로잡는다는 의미가 쌍둥이에게 약간의 용기와 명분을 주는 듯했다.

대상의 선정과 접선은 SNS를 열심히 하는 다함이 맡기로 했다. 신뢰를 주기 위해 시내 가장 번화한 카페에서 대면하는 것을 원칙으로 하였으며 계약서의 초안은 신중하고 꼼꼼한 다정이 작성하였다.

그리고 거칠 것 없는 다함의 성격 덕인지 곧 첫 번째 의뢰가 들어왔다.

"비협조적, 신경질적, 이기적, 불손."

다함이 소리 내어 의뢰인의 생기부에 형광펜으로 칠해진 글자를 읽었다. 마주 앉은 의뢰인의 얼굴은 금방이라도 울음을 터뜨릴 것 같았다. 다정은 빠르게 다른 학년의 내용을 확인했다. 너무 평범해서 하나도 기억에 남지 않을 영혼 없는 칭찬뿐이었다. 도드라지는 건 2학년 담임이 적은 게 전부였다. 그 내용 탓에 다른 좋은 말들마저 퇴색되는 꼴이었다.

"2학년 때 담임이랑 사이가 어지간히 안 좋으셨나 보네요. 이때 혹시, 뭐…… 사춘기가 왔던 거예요?"

다함이 말하자 의뢰인은 고개를 저었다. 여전히 울 것 같은 표정이었다. 다함은 의뢰인이 보낸 사연을 다시 읽어 보았다.

저는 굉장히 소심하고 사람 대하는 걸 두려워하는 타입이
에요. 정확히 말하면 사람을 대할 때 드는 에너지가 너무 커서
매일 누군가와 소통하기 힘든 사람이라고 해야 할까요. 남의
목소리를 듣는 것도 조금 괴로워요.

한 십여 년 전부터는 MBTI인지 뭔지가 유행하면서 다양한
성격 유형에 대해 분석하고 수용하려는 움직임이 일었죠. 하
지만 제가 고등학교에 다니던 2000년대만 하더라도 전혀 그
렇지 않았어요. 친구들과 말하지 않으면 무조건 '관심 학생'이
었어요. 고등학교 급식실에서 혼밥 하는 것도 있을 수 없는 일
이었죠. 혼자 밥 먹으면 바로 왕따라는 낙인이 찍혔으니까요.

왕따라고 매 순간 손가락질받는 것이 조금 슬프긴 했지만
익숙해지고 있었어요. 1학년 때 담임은 제가 혼자 밥 먹고 혼
자 노는 것을 인정해줬고요. 어쩌면 무관심했던 걸지도 모르
겠지만요. 어쨌든 문제는 2학년 때 담임이었어요. 그해 부임한
초임 교사였죠.

*

"저기 보여? 쟤야, 머리 하나로 묶은 애. 마이 엄청 크고."
다함의 말에 다정이 눈을 찌푸리며 품속에서 꺼낸 사진

을 들여다봤다. 의뢰인이 준 사진 속 얼굴과 똑같이 생긴 여학생이 운동장을 천천히 걸어가고 있었다.

"아까 돌아보니까 2학년 교실이랑 교무실은 다 별관에 있더라고. 교무실은 일층이고 의뢰인 교실은 삼층이야. 너는 교무실 옆쪽 창문으로 담임 염탐해. 나는 교실 근처 돌아다니면서 의뢰인 볼 테니까."

"야, 근데 우리 사복 입었다고 걸리면 어떡해?" 쌍둥이는 최대한 공부에 찌든 학생처럼 보이는 검은색 트레이닝복 바지에 국내 그 어느 학교에서도 교복의 일부로 통할 것 같은 빳빳하고 흰 와이셔츠를 걸친 상태였지만, 이 시대는 아무래도 쌍둥이의 시대와는 다르게 복장 규율이 만만찮아 보였다.

"걸리면 튀어야지, 별수 있나."

"이때는 체벌도 했다는데?"

"그러니까 튀어야지. 성다정, 두 번 말하게 하지 마."

교무실 창문은 다정의 눈높이보다 아주 조금 높았다. 다행인 것은 거의 잊어버릴 뻔했던 발명품을 가져왔다는 사실이었다. 유리창에 딱 붙여놓으면 창 안쪽에서 들리는 음성뿐 아니라 영상으로 안쪽의 상황도 지켜볼 수 있는 발명품이었다. 다정 자신이 만들어놓고도 어머 이건 너무나 악용 가능성이 높잖아, 하고 놀라 한 번도 써보지 않았다. 그래도 이름은 있었다. '성새쥐'라고, 낮말은 새가 듣고 밤말은 쥐가 듣는다는 뜻을 담아 지은 이름이었다. 앞에는 자신의 성을 붙였다.

"한지명 선생은 애들을 너무 좋아해서 탈이야."

다정은 침을 꿀꺽 삼켰다. 한지명이라면 의뢰인의 생기부를 기록한 2학년 담임이었다.

"하하, 탈이에요?"

"그렇지, 초임이라 애들 본색을 잘 몰라서 그래. 애들이 얼마나 의뭉스러운데."

"전 저한테 좀 의뭉스럽게 대해줬으면 좋겠어요. 다들 너무 활발해서……."

"근데 그 반에 영 어둑한 애 하나 있지 않나? 걔가 참 어렵지. 아무리 봐도 무슨 생각인지 모르겠어. 사고 칠 애로 보이진 않는데, 영 보기가 그렇더라고……."

"아, 여원이요."

여원, 의뢰인의 이름이었다.

"그래, 그런 애들한테까지 마음 쓰지 마. 초임 때 실수가 그거다? 모든 학생에게 다 좋은 선생 되려고 하는 거. 그러다 보면 결국 선생만 지쳐서 나가떨어져."

그러고는 종이 울렸다. 훈수를 늘어놓던 나이 든 선생님은 수업이 있는지 교무실을 빠져나갔다. 그러나 한지명은 공강인지 자리를 떠나지 않고 컴퓨터 앞에 앉아 있었다. 책상에는 자신의 교과목 관련서보다는 온갖 교육론 서적이 가득했으며 컴퓨터 배경 화면은 우리나라에서 제일 좋은 대학교의 졸업식 사진이었다. 다정은 침을 꿀꺽 삼켰다. 누구에게도 말하지 못했지만 다정이 정말 가고 싶은 대학이었다.

그나저나 한 시간 동안 공강이라면 굳이 여기 남아 있을 필요가 없지 않나 생각하는데 갑자기 교무실 문이 천천히 열렸다. 동시에 누군가 다정의 어깨를 툭 쳤다. 화들짝 놀라 돌아보니 다함이었다.

"뭐야, 지금 수업 시간 아니야? 왜 저기 있어?"

"체육 시간이야." 다함이 말했다. "다 체육 하러 나갔는데 담임이 불러서 의뢰인만 교무실로 내려온 거야."

둘은 다시 장치에 귀를 기울였다.

"부르셨어요?"

"어, 앉아봐."

"저 수업인데……."

"체육이잖아, 중요한 과목도 아니고. 어차피 스탠드에 혼자 앉아 있을 거 아니야? 내가 구해준 거지. 체육 선생님 한텐 미리 말씀드렸어."

다함이 콧잔등을 찌푸렸다.

"여원아, 오늘도 밥 혼자 먹었지? 아까 봤는데."

"네."

"내가 회장한테 너랑 같이 먹어주라고 했는데, 회장이 말을 안 듣네."

"저한테 말했어요. 근데 제가 괜찮다고 했어요."

"뭐? 왜?"

"선생님이 시켜서 억지로 그러는 게 뻔하잖아요. 저는 정말 혼자 밥 먹는 게 더 편하단 말이에요."

한지명이 한숨을 쉬었다.

"여원아, 너 사층 복도에 걸려 있는 액자 봤지? 왕따 없는 학교라고 교장선생님이 표창장 받은 거."

"네."

"솔직히 터놓고 말할게. 우리 학교가 성적 지상주의를 철폐하고 인성교육을 강화해서 누구나 가고 싶은 항만시 최고의 고등학교로 잘 알려져 있잖니. 네가 그렇게 외롭게 밥을 먹고, 친구도 없고, 그러면 학교는 뭘 어떻게 해줘야 하니?"

"마음 맞는 애가 없어요."

"원래 맞춰가면서 사회성 기르는 거야. 그런 거 지금 못 배우면 어른 돼서 큰일 나, 너."

한지명은 출석부를 들고 대답 없는 여원의 허벅지를 탁탁 두드렸다.

"정 마음 맞는 사람이 없다면 선생님이랑 먹자, 급식."

"네?"

"으으, 최악." 다함이 속삭였다.

"선생님이 정말 그러고 싶어서 그래. 우리 반에 왕따가 있는데 담임으로서 어떻게 그냥 보고 있니?"

"작년 담임선생님은 제 성격 이해해주셨는데요."

"물론 오래 하신 분들은 매너리즘이랄까, 그런 거에 빠져서 모르는 척하는 경우가 있기는 해. 그런데 선생님은 그런 사람 아니야. 그러니까 여원이도 선생님 마음 생각해서 선생님의 반의 반만큼이라도 노력해주면 안 될까?"

다함이 다정의 어깨를 치며 말했다. "오케이, 이 정도면 됐다. 2학기 말로 가자."

"지금?"

"더 듣다가는 토할 거 같아."

*

주변은 순식간에 눈 내린 교정으로 변했다. 점심시간인
지 운동장은 눈싸움하거나 눈밭 위에 누워 날개 모양을 만
드는 학생들로 바글바글했다. 쌍둥이는 의뢰인 여원을 찾
아 교정을 휘 둘러보다가, 여원이 아니라 한지명을 먼저
발견했다. 한지명은 눈을 뭉쳐서 학생들에게 던지고 있었
는데, 주로 여학생들에게만 집중되었다. 여학생들은 "아,
선생님! 하지 말라고요"라고 외쳤으나 한지명은 막무가내
였다.

"왜 저래, 진짜."

쌍둥이 곁을 지나던 학생 하나가 친구에게 속삭였다. 친
구가 대답했다.

"맞춰줘, 내년에 군대 간다잖냐."

"언제 간다고?"

"일월에 명절 지나면 바로 휴직한대."

"그럼 이월 말까지는 누가 해?"

"기간제 온대. 그 기간제 너무 불쌍하지 않냐? 생기부는
그럼 그 기간제가 다 써야 하는 거잖아."

다정과 다함의 가슴속에서 두둥 하는 효과음이 울렸다.

쌍둥이는 서로를 바라보았다. 정작 생기부를 쓴 사람은 담임이 아니었던 건가.

"근데 얘기 들어보니까 군대는 삼월에 간다는데? 그럼 깔끔하게 겨울방학 때 끝내는 게 낫지 않나?"

"명절 수당 때문이네."

다정이 속닥거리자 다함이 눈을 둥그렇게 떴다. 다정이 다시 말했다.

"명절 수당이 꽤 비싸거든. 그거 받고 가려고 저러는 거야."

다정이 그걸 어떻게 아나 싶어 다함은 놀랐으나 조용하고 단정한 자신의 쌍둥이가 돌변할 때가 언제였나 생각하니 이해가 되었다. 다정은 본인 기준에서 자격 없는 사람이 누리는 지위나 돈에 민감하게 반응했다. 애당초 수학 시험을 잘 본 이유도 그것 아니었던가.

"어쨌든 그렇대. 생기부는 애들한테 약속했다는데? 미리 다 쓰고 가겠다고."

"당연히 그래야지! 안 쓰고 가면 진짜 무개념이지. 겨우 두 달짜리 기간제가 뭘 안다고 생기부를 써?"

쌍둥이는 헷갈리기 시작했다. 서로 말없이 눈만 봐도 알 수 있었다. 생기부를 쓴 것이 한지명인지 기간제 교사인지 확인해야 한다는 것을. 한 번 더 점프해야 할 것 같았다.

"근데 한지명, 1학기 때는 왕따만 겁나 챙기더니 요샌 또 애교쟁이들만 이뻐하더라?"

쌍둥이가 그 말을 듣고서는 우뚝 멈춰 섰다.

"야, 솔직히 참교사니 뭐니 하는 사람들이 다 그러지 않냐?"

"다 그러긴 하는데 솔직히 한지명은 좀 심해. 1학기 때 그렇게 데리고 다니던 그 왕따, 2학기 때는 아예 중식 신청 못 하게 막았다는데?"

"왜?"

"반에 혼자 밥 먹는 애 있다고 교장이 뭐라 했나 봐."

"미친, 말도 안 돼. 그렇다고 밥을 못 먹게 해?"

"진짜라니까. 물론 중식 신청하지 말라고 직접 말한 건 아니고 꼽을 준 거겠지, 엄청나게. 그래서 걔 맨날 매점에서 빵만 사 먹잖아."

쌍둥이는 누가 먼저랄 것도 없이 사층으로 향하는 계단을 뛰어 올라갔다. 카페에서 미팅했을 때 의뢰인이 어떻게 행동했는지, 생각하면서. 의뢰인은 빵에는 손도 대지 않고 음료만 마셨다. 쌍둥이가 빵 좀 드시라고 권하니 아무렇지 않은 척 대답했다. "저는 빵만 먹으면 속이 얹혀서요. 밀가

루가 안 맞나 봐요. 제 걱정 말고 맘껏 드세요"라고.

교실에 다다랐다. 교실에는 아무도 없었다. 그러나 그 당시 교실에 하나씩 다 갖추어져 있던, 몹시 커다란 티브이장(쌍둥이는 그렇게 크고 두꺼운 티브이도, 티브이장이라는 것도 처음 보았다) 뒤에서 부스럭거리는 소리가 났다.

체육복을 입은 의뢰인이 그 뒤에 웅크리고 숨어서는 빵을 입에 욱여넣고 있었다.

*

이월로 점프해보자는 다정의 말에 다함이 그냥 갈 수는 없다며 고개를 저었다. 그냥 안 가면 어떡하냐고 묻자 한지명에게 조금이라도 벌을 주고 가야 한다면서 이를 부득부득 갈았다.

"그러다 걸리면? 그리고 성공한다 하더라도 앞날에 무슨 일이 생길 줄 알고? 우리 목표는 생기부만 수정하는 거라며. 내가 말한 것도 아니고 네가 말한 거야. 이런 일 앞으로 숱하게 있을 텐데 그럴 때마다 네 멋대로 벌줄래? 무슨 권리로?"

간만에 자기 의견을 길게 말한 다정은 다함을 보고 흠칫

놀라고 말았다. 다함의 눈에 눈물이 그렁그렁했기 때문이
다. 다함은 더 반박하지 않고 이듬해 이월의 좌표를 입력했
으나 이젠 반대로 다정의 마음이 복잡해졌다.

성다함이 왜 울지? 쟤 학교에 친구도 엄청 많은데. 왕따
당한 적도 없잖아. 내가 모르는 사연이 있었나? 설마 뭔가
힘든 게 있는데 나한테는 꼭꼭 숨긴 건가?

그러나 다정은 평소대로 입을 꾹 다물었다.

*

생기부 점검은 쌍둥이가 사는 시대에는 꼭 필요한 절차
였다. 학급 전체가 교실에 다소곳이 앉아 종이로 출력한 자
신의 생기부를 보며 잘못된 게 있는지 점검하는 절차. 명목
은 잘못된 게 있는지 확인하는 것이지만 가끔 생기부에 목
매는 학생들은 담임에게 이것저것 바꿔달라 요구할 때도
있었다. 어쨌든 연중 가장 중요한 날이었다.

그런데 그런 절차가 아예 존재하지 않던 시대도 있었다
니. 쌍둥이는 종업식 전 이월의 여기저기를 떠돌며 탐색했
지만 아무리 뒤져봐도 생기부 점검 시간은 없었다.

그 말인즉슨, 의뢰인은 자신의 일년이 어떻게 기록되었

느지 확인할 기회가 없었다는 소리였다. 이토록 생기부가 중요해지는 시대가 올 줄도 모르고. 십년이면 강산이 변한다는 말을 쌍둥이가 이토록 잘 체감할 수 있던 때가 또 있던가.

결국 쌍둥이는 생기부가 마감되는 날로 점프했다. 선생님들이 교무실에 앉아 투덜대며 독수리 타법으로 내용을 기록하고 있었다. 쌍둥이는 다시 교무실 창밖에 나란히 앉아 성새쥐를 연결했다. 날이 너무 추워서 와이셔츠 한 장만 걸친 상체가 오들오들 떨렸다. 심지어 둘이 숨은 곳은 해가 하나도 들지 않는 응달이었다.

"한지명 자리에 앉아 있는 사람이 임시 담임일 거야. 맞네, 모니터 보인다. 그 반 애들 거 기록하고 있어. 한지명이 실제로 내용을 남기고 가기는 했나 봐. 거의 컨트롤 씨, 브이 하고 있는 것 같은데."

"의뢰인 거는? 설마 지나갔어?"

"아직, 근데 거의 다 왔어. 지금 13번 거 하고 있으니까. 의뢰인이 14번이었잖아."

그리고 마침내 14번 파일을 열었을 때, 임시 담임이 "이건……"이라고 소리를 내는 것을 둘은 분명히 들었다. 기계적으로 읽고 입력하기를 반복하던 그가 한참을 머뭇거리더니 조심스럽게 일어나서 학년 부장 쪽으로 살금살금 걸어갔다. 그러고는 뭐라고 조언을 구하는 듯했는데, 너무 작은 목소리라 쌍둥이는 잘 듣지 못했다. 그러나 학년 부장이 쩌렁쩌렁한 목소리로 대답하는 바람에 뭐라고 물었는지 바로 알 수 있었다.

"걔가 누구야? 어쨌든 그런 애들 신경 쓰지 마, 아주 골치야!"

"예?"

"애가 사회성도 좀 길러야지 제멋대로만 살면 누가 그 응석을 받아줘? 그런 애들 응석 다 받아주니까 요새 애들이 이 모양 이 꼴인 거야."

"하지만 제가 봤을 땐 얘가 이런 성격은 아니었던 것 같은데……."

"몇 등이야, 걔?"

"네?"

"전교 오십등 안쪽이면 다시 적어주고, 아니면 그냥 그대로 냅둬. 어차피 필요도 없는 애야."

다정과 다함은 이제 한지명의 원본 파일을 과거에서 몰래 손볼 것인지 아니면 현재 교육청의 학생관리시스템을 해킹할 것인지 결정해야 했다. 그러나 그 전에 이 상황이 이상하고 몹시 잘못되었다는 사실을, 적어도 한 사람은 자각해야만 한다는 생각이 들었다.

고민 끝에 임시 담임을 설득하기로 했다. 둘은 몹시 어수선한 학년말의 교실에서 빗자루와 쓰레기통을 각각 슬쩍한 후 일층 복도를 재빠르게 걸었다. 쓸데없는 데 신경쓰지 말고 일이나 빨리 끝내라고 면박을 받은 임시 담임이 어깨를 잔뜩 접고서는 미적미적 교사 화장실로 향하는 중이었다.

"선생님, 정성태 선생님!"

자신의 이름이 불리는 것을 들은 임시 담임이 화들짝 놀라며 고개를 돌렸다.

"안녕하세요, 저희 6반 학생인데요."

"어…… 내 이름을 아니?"

"당연하죠."

우리 반 애들도 모르던데, 하고 정성태는 약간 놀라면서도 감동한 표정으로 쌍둥이를 응시했다. 다함이 먼저 입을 열었다.

"사실 저희가 아까 교무실 청소하다가 학년 부장 선생님과 말씀 나누시는 걸 들었는데요……."

좋은 내용이 가득 담긴 책을 잔뜩 읽고 입으로만 떠들어 대면 무엇 하며, 오래 일했다는 자존심 하나만으로 불합리를 합리라 말하는 건 또 얼마나 꼴사나운 일인가. 명절이 끝나고 투입된 임시 담임이 한 달이 넘는 시간 동안 어떤 일을 겪었는지는 보지 못했으나 방금 교무실에서의 한 장면만으로 쌍둥이는 충분히 짐작할 수 있었다. 그리고 "제가 봤던 아이는 이런 성격이 아니었다"라고 말하는 모습에서 직접 부딪쳐볼 용기를 얻었다.

정성태는 쌍둥이보다 키가 한 뼘은 더 작았다. 다함이 다리를 벌리고 서서 매너 다리를 만들어야 눈높이가 똑같아졌다. 다함이 다정을 팔꿈치로 찌르자 다정도 아차차, 하고 다함을 따라 했다.

둘은 정성태를 설득하기 시작했다. '여원을 향한 전 담임의 패악을 보면서도 말 못 하고 속만 끓이던 다른 반 친구들'을 연기했다. 어차피 군복무를 마치고 돌아오면 옛 제자의 생기부는 보지도 않을 거다, 누구도 선생님이 그 내용을 솔직하게 다시 쓴 걸 알지 못할 거다, 만약 나중에 여원이가 생기부를 확인하면 얼마나 슬프고 속상하겠느냐, 걘 그저 혼자인 걸 좋아했을 뿐이다…….

"나도 사실 여원이가 자꾸 마음에 밟혔어." 정성태가 말했다. "나도 학교 다닐 때 여원이처럼 겉돌았거든. 그런데 어차피 나는 두 달짜리 기간제라 내가 섣불리 다가가는 게 주제넘는 건 아닐까 생각했어. 여원이한테 피해가 가는 건 아닐까, 나는 잘해준다고 하는 게 오히려 여원이를 혼란스럽게 만들지는 않을까. 게다가 난 남자 선생님이니까 더 조심스럽고……."

'바로 그래서 당신은 좋은 선생님이 될 수 있는 거예요.'

쌍둥이는 동시에 속으로 생각했다. 자신이 꿈꾸는 멋진 교사상이 아니라, 학생의 입장을 먼저 생각하고 있으니까.

"그런데 너희 말대로라면 나도 최소한의 선생 노릇은 할 수 있을 것도 같다. 그렇지 않아도 여원이가 애들 다 도망가서 교실 청소를 혼자 한 적이 사흘 정도 있었어. 그것만 봐도 내가 본 생기부 내용이 거짓인 건 알겠어."

고개를 끄덕이던 쌍둥이는 "그럼 부탁드립니다! 감사합니다!"라고 외치며 꾸벅 허리를 굽혔다. 구부린 등 위로 정성태의 말이 이어졌다.

"그나저나 아까 몇 반이라고 했지? 너희 이름은 뭐야?"

쌍둥이는 허리를 굽힌 채로 고개만 돌려 서로에게 속삭였다.

"튀어."

정성태는 후다닥 생기부 작성을 마감한 후 쌍둥이를 찾아보려 노력했으나, 그사이 모두 귀가했는지 찾을 수 없었다. 더구나 봄방학에 돌입하는 바람에 영영 쌍둥이의 이름을 알 수 없게 되었다. 그러나 여원의 생기부는 임용고사 장수생이던 정성태가 난생처음 직접 작성한 생기부로 평생 남게 되었다. 나중에 정성태는 공립학교 교사가 되었고, 몇십 년 후에는 파격적인 커리큘럼으로 유명해진 어느 시골 학교의 교장 공모에 당선되어 자신의 교육관을 맘껏 실현할 수 있게 되었다. 물론 이건 항만시가 아닌 다른 지역에 딱히 관심 없는 쌍둥이가 절대 알지 못할 이야기다.

*

"맙소사……."

생기부를 조회해본 의뢰인이 예고도 없이 눈물을 떨어뜨리는 바람에 다정은 황급히 일어나 휴지를 가져왔다. 다행히 아르바이트생 말고는 사람이 없어 카페는 조용했다.

"왜요, 혹시 문제가 있나요?" 다함이 묻자 의뢰인은 자신이 보던 화면을 쌍둥이 쪽으로 돌려주었다.

책임감이 매우 강함. 학년말 다른 학우들이 학급 내 맡은 역할을 다하지 않고 도망갈 때 홀로 남아 다른 친구들이 방기한 일까지 도맡아 해결함. 특히 다른 학생들이 자신의 앞날에 영향을 주지 못하는 임시 담임을 무시할 때도 분위기에 상관없이 예의를 차려 대하고, 수업에 성실히 참여함. 과묵하고 티를 내지 않는 성격이라 눈에 띄지 않는 면이 있으나, 학생의 내실을 알아보지 못한다면 그건 학생의 문제가 아니라 상대와 사회의 문제일 것이라 여겨짐.

"저는 그냥, 제가 선생님께 지켜야 한다고 응당 생각했던 예의를 지킨 것뿐이에요. 애들이랑 같이 다녔더라면 그 애들이 하는 대로 따라 했을지도 몰라요. 저는 그렇게 착한 사람은 아니니까요. 그런데 이렇게 잘 써주시다니……."

의뢰인의 말에 다정이 대답했다. "아니요, 그게 바로 용기라고 생각해요. 다들 자기한테 득 되는 사람 아니면 신경 쓰지 않고 무시하는 세상에서 혼자 도리를 다하는 거요. 그게 용기고 선의라고 생각해요."

다정이 잘 모르는 사람에게 이렇게까지 길게 말하는 성격이었던가 싶어서 다함은 조금 놀랐다. 그러다 다정도 혼자 다니기를 좋아하는, 남학생들 사이에서는 조용하고 힘

없는 샌님으로 취급받는 아이라는 사실이 떠올랐다. 어쩌면 이번 일이 다정에게 조금은 힘이 됐을지도 모르겠다고 다함은 생각했다.

의뢰인은 일주일 후 자신이 원하던 회사에 합격했다는 소식을 전해주었다. 회사 이름을 검색해본 다함은 미소를 지었다. 청소년 심리상담을 전문으로 하는 사회적 기업이었다.

그 기업은 나중에 정성태의 학교와도 협업하는데, 너무 나중의 일이라 쌍둥이는 알 턱이 없었다.

두 번째 의뢰인
: 나비효과

"이게…… 생기부인가요?"

쌍둥이는 눈을 동그랗게 뜨고 백지를 바라보았다. 맞은편에 앉은 남자가 고개를 끄덕였다.

"어떻게 고3 때 생기부가 모두 백지일 수 있죠?"

이번 의뢰인은 특이하게도 본인이 지정한 곳에서 만날 것을 요구했다. 기본 상담료에 교통비까지 얹어주겠다는 말에 쌍둥이는 군말 없이 버스를 두 번 갈아타고 의뢰인이 정한 장소에 도착했다. 신시가지에 있는 큰 카페였는데, 손님이 바글바글했다. 의뢰인은 뭔가 비밀스러운 얘기를 하려는 듯 보였다. 확실히 비밀 얘기는 조용한 곳보다는 시끄럽고 공개된 곳에서 하는 게 나으니까.

"왜 이렇게 안 와, 이십분이나 지났는데……."

다함이 시계를 보며 투덜거렸다. 다정이 핸드폰을 들어 전화를 걸었으나 받지 않았다.

"그냥 잠수 아닐까?"

쌍둥이는 몇 번 찔러만 보다가 잠수를 타는 의뢰인들에게 이미 이골이 난 상태였다. 첫 의뢰인 이후로 열 차례는 그랬다. 그러나 오프라인으로 약속까지 잡아놓고 당일 취소하는 건 너무 열받는 일이었다. 항만시에서도 변두리에 사는 쌍둥이에게는 더더욱.

"딱 십분만 더 기다리자. 그런데도 안 오면 가는 거야."

"그래. 나온 김에 사람 구경이나 하지, 뭐. 우리가 언제 또 이 동네를 나와보냐."

널찍이 난 카페 통창 밖으로 버스 정류장이 있었다. 사람들이 잔뜩 모여서 서로 대화를 하고, 등을 가볍게 치면서 웃고, 번호도 주고받는 모양이었다. 다들 뭐가 저렇게 즐거울까. 다함은 순간 울적해졌다. 호형 씨를 간병하느라 친구들과 놀지 못한 지도 꽤 되었다. 친구들은 이제 다함이 없는 순간들에 익숙해지는 눈치였다. 언젠가는 다함을 자기들 관계의 걸림돌처럼 생각하게 될지도 모른다.

저상버스 한 대가 도착했다. 승객이 많아질 시간대였다.

사람들이 앞문으로 우르르 몰렸다. 뒷문으로 돌진하는 사람들도 있었다. 앞문 승차 뒷문 하차 모르나, 다함이 혀를 쯧쯧 차는데 뒷문으로 돌진하던 사람들이 뒤로 물러나는 모습이 보였다.

그리고 버스는 조금 오래, 다른 버스들보다 조금 더 오래 서 있었다. 버스 창으로 보이는 승객들의 얼굴이 잔뜩 찌푸려져 있었다. 뒤에 도착하는 버스들도 연신 경적을 울려댔다.

한참 뒤 카페의 자동문이 열렸다.

*

저는 다섯 살이 될 때까지 걷지 못했어요. 그리고 서울의 대학병원을 다섯 군데나 전전하고 나서야 아마도 평생 걷지 못할 거라는 진단을 받았죠. 하지만 제게는 그날이 되게 좋은 기억으로 남아 있어요. 부모님께서 엄청 맛있는 음식이랑 제일 갖고 싶던 장난감에 케이크까지 사서 돌아와 파티를 해주셨기 때문이에요. 저한테는 진짜 생일보다 더 좋은 날이었죠. 부모님은 항상 그런 식이셨어요. 제 앞에서는 한 번도 제 사정이 슬프다거나, 혹은 제가 비극에 처했다거나 하는 내색을 하신 적이 없어요. 뒤에서 조용히 우셨을지는 모르지만.

어렸을 때는 시골에 살았어요. 초등학교는 전교생 다섯 명 짜리 분교였고, 중학교도 학급 하나 정도의 규모였어요. 학생들의 집이 다 멀었고 버스가 하루에 네 대밖에 다니지 않았기 때문에, 제가 아빠 차를 타고 등하교를 하는 게 하나도 이상하지 않았죠. 친구들도 자전거나 경운기, 오토바이 따위에 실려 오곤 했으니까요. 학교 건물은 단층이라 편했고요.

문제는 고등학교였어요. 차로 한 시간 걸리는 반경에는 농고랑 공고밖에 없었고 공부를 좀 더 하고 싶은 학생들은 다 항만시로 진학했어요. 제가 중학교 때는 내내 전교 일등을 했거든요. 회장도 두 번이나 했고. 그래서 당연히 좋은 고등학교로 가고 싶었죠. 당시에는 비평준화였는데, 제일 좋다는 항만고에 당당히 합격했어요. 부모님이 엄청 좋아하셨어요. 항만고는 명문 고등학교로 워낙 유명했으니까.

그냥 합격이 아니고 어쩌다 보니 또 배치고사 전교 일등이었어요. 제가 휠체어 탄 애인 건, 배치고사일에 봐서 선생님들도 알고 있었죠. 그런데 아마 일등을 하리라고는 생각하지 못했나 봐요. 선서부터가 문제였죠. 배치고사 일등이 입학식에서 선서를 하잖아요? 강당 단상에 올라가야 하는데, 휠체어로는 올라갈 수가 없었어요. 거기서부터 모든 게 어긋나기 시작했죠.

"어머니, 어머니께서 업고 올라가시는 모습 찍어서 기사 사진으로 딱 올리면 얼마나 눈물겹냐고요, 예? 학교 명예도 훌쩍 올라가고요."

"학생이 올라갈 수 없는 단상이 학교에 있어서는 안 되는 것 아닌가요? 그냥 선생님이 내려오시면 되잖아요. 선서할 때 교장선생님이 단상에서 잠깐 내려와주시기만 하면 저희 애는 다른 친구들이랑 똑같이, 뭔가 다른 사람이라는 취급을 받지 않고 선서할 수 있어요. 그런데 왜 자꾸 저보고 업고 올라가라는 거예요?"

"어머니, 솔직히 애한테 돈도 많이 들 텐데 어머니 모성애가 드러나는 사진 하나 올려서 매스컴 타면 학교에 후원도 들어오고 할……."

"뭐요?"

"학교 입장에서도요, 애가 학교에 좀 보탬이 되어줘야 최선을 다하죠. 솔직히 아드님 아니면 절대 만들 일 없는 시설들도 만들어야 하는데……."

무슨 저런 말을 하는 인간이 다 있냐는 듯 다함은 얼굴을 잔뜩 구기면서 다정 쪽을 바라보았다. 다정은 무언가를 골똘히 생각하는 눈치였다.

"학교에서 아드님 편의를 봐주는 거 아닙니까. 물론 아드님이 우수한 건 맞아요. 그렇지만 그렇게 우수한 학생은 차고 넘칩니다. 특별대우 받을 정도는 아니에요."

"세상에……."

"아, 혹시 더 좋은 대우를 받고 싶다면 미달된 학교를 가세요. 거기 가면 스타도 되고, 어머니 원하시는 특별대우도 받을 수 있을 겁니다. 일년에 스카이 한 명을 못 보내는 학교들이니까요."

다함이 허, 하고 자기도 모르게 큰 소리를 냈다. 다정은 손가락을 가볍게 쥐어 당기더니 속삭였다. "참자, 이십년도 더 전이야. 지금은 다를 거야."

의뢰인의 이름은 김관형이었다. 관형은 '모성애가 드러나는' 사진을 찍는 데 동의했다. 관형의 부모는 반대했으나, 관형이 꼭 항만시 최고의 명문고에서 공부하고 싶다는 욕심을 내비치자 결국 백기를 들었다. 자식 이기는 부모 없다는 말이 이 경우에는 정말로 맞았다. 관형은 엄마에게 업혀 선서를 했다. 지역신문 기자들이 와서 사진을 찍었다. 그러나 학교의 예상과 달리 그 사진이 단신 이상으로 크게 실린 매체는 하나도 없었다. 후원 역시 전무했다.

그리고 관형의 성적은 아주 조금씩 하락했다. 정말 미세하게. 전교 일등에서 이등, 이등에서 오등, 오등에서 구등. 물론 중학교 때 성적으로 날고 기다가 고등학교 와서 맥을 못 추는 건 너무나 보편적인 사례였다.

그러나 관형 씨는 학교에서 자신을 유독 괴롭혔다고, 그래서 성적이 떨어진 거라고 쌍둥이에게 설명했다.

쌍둥이는 전말을 자세히 알아보기 위해 항만고로 점프했다. 남자고등학교였기에 다함은 가발을 써야 했다. 머리가 뚜껑같이 부자연스러웠다. 아, 가려워. 다함은 투덜거리며 연신 두피를 긁고 싶어 했다. 다정은 교무실을 찾아 성새쥐를 연결했다.

"십이등?" 담임이 관형을 노려보며 말했다. "기말고사에서 십이등을 한 거야?"

"저 억울해요. 이번 달 들어 갑자기 교과실에서 수업을 했잖아요. 저는 아무리 빨리 가도 제시간에 이동할 수가 없어요. 수업 앞부분을 다 날려먹는 건 기본이고, 몸을 추스르다 보면 중간 부분도 제대로 듣기 힘들다고요."

"그래서, 학교가 나쁘다는 거야 지금? 그럼 당장 옮겨.

누가 아까워한대, 너를?"

오랜 침묵 후에 관형이 죄송해요, 하고 대답했다. 쌍둥이도 덩달아 숨을 죽였다.

시골에서의 생활은 전혀 불편하지 않았어요. 제가 휠체어를 타고 다니는 거랑 사람이 걸어다니는 거랑 속도 차이가 나지 않았죠. 그런데 고등학교에 가자마자 갑자기 제가 너무 이상한 사람이 되어버렸어요. 아니, 이상한 정도가 아니었죠. 민폐 끼치는 사람이라는 취급을 받기 시작한 거예요. 학부모회에서는 이런 식으로 말하더라고요. 어차피 좋은 대학 갈 수 있는 애들 많은데 왜 장애인을 끌어들였냐. 하위권 학교라면 좋은 대학 가는 애가 없으니까 질질 짜서라도 데리고 가겠지만 좋은 학교 다니는 우리가 굳이 똑같이 행동할 필요는 없지 않냐. 가장 무서운 건 학부모들이 자신을 '좋은 학교 다니는 우리'라 칭했단 사실이에요. '우리가 좋은 학교를 다닌다'고. 그 학부모들은 자기 자식과 자신을 구분하지 못했어요. 자기 자식이 곧 자신이라고 생각했죠.

그리고 선생님들은 저를 전혀 배려해주지 않았고요.

학교 전체가 저를 몰아내려고 안간힘을 쓰고 있다는 느낌을 받았어요. 그런데 혹시라도 그 의심이 저의 피해망상일까 봐 너무나 두려웠죠. 피해망상을 가진 인간이 되어버린 걸까 봐, 무조건 이겨내겠다고 생각했어요. 괜찮은 척했어요. 일부러 선생님들 앞에서 더 크게 웃고, 쉬는 시간에는 더 시끄럽게 떠들고, 회장 선거도 나가고. 부모님이 속상해하실 것 같아서 억울한 거나 슬픈 건 하나도 말하지 않았어요. 늘 야자 끝나면 엄마 차를 타고 집까지 갔는데, 매일 재미있는 일이 있는 것처럼 꾸며내서 말했어요.

*

쌍둥이가 시간대를 여러 번 옮기며 관찰한 결과, 관형은 정말 열심히 학교생활을 했다. 그러나 2학년 때는 교실이 오층에 배정되었고 엘리베이터도 없는 건물에서 수업은 자꾸만 이층, 삼층 혹은 아예 별관에 위치한 교과실로 옮겨 다니며 진행되었다. 수업 시작하기 삼분 전에 갑자기 장소가 지정되는 경우도 많았다. 그러면 학생들은 부랴부랴 책을 챙겨 달려 나갔다. 교실에는 관형만 덩그러니 남겨졌다.

누구도 관형을 챙기지 않은 채, 우르르 교실을 떠나 교과실로 이동하는 학생들을 몰래 지켜보던 다정이 말했다.

"나쁜 새끼들."

다함은 놀라 다정을 쳐다보았다. 동생이 욕하는 걸 처음 본 탓이었다.

"항만고니까 쟤네들 다 대학 잘 갔겠지. 지금 사십대려나. 저랬던 새끼들이 나이 들어서 사회 지도층이 되어 있다는 거잖아. 진짜 너무 화나. 우리 아빠 같은 사람은……."

다정은 말을 잇지 못했다. 아마 또 자책감이 발동한 것이리라 다함은 생각했다. 뭐라 대답해야 할지 몰라서 그저 관형이 휠체어로 천천히 이동하는 것만 지켜보았다. 학교에는 경사로도 없었다. 1학년 때는 도와주는 반 친구들이 있었지만 2학년 때는 없었다고 관형 씨는 설명했었다. 계단 앞에서 서성거리며 얼굴도 이름도 모르는 다른 반 학생들에게 도움을 요청해야만 했다고.

이미 수업 종이 쳐버려 복도는 고요했다. 관형은 아직 한 층을 더 내려가야 했으나 지나다니는 학생이 없었다.

"내가 도와줄래."

다함이 말릴 새도 없이 다정이 나섰다. 다함은 잠시 소스라쳤으나, 이때의 관형은 쌍둥이의 얼굴을 모를 것이라고 속으로 합리화했다. 그저 얼굴 모르는 다른 반 친구라고 생각할 터였다.

"고마워, 수업 안 들어가?"

다정의 도움으로 교과실에 거의 다다른 관형이 묻자 다정은 대답했다.

"공부하다 머리가 너무 아파서 보건실 가던 길이었어."

"보건실? 그게 뭐지?"

"보건실을 몰라?"

"모르겠는데? 어쨌든 고마워, 아픈데도 도와줘서."

　　어떻게 보건실을 모를 수 있지? 관형을 들여보내고 나서 다정이 묻자 다함은 대답했다.

"그땐 양호실이라고 불렀어, 보건실이 아니라."

"넌 그걸 어떻게 아냐?"

"옛날 만화 보면 나와. 넌 공부만 하지 말고 제발 교양도 좀 쌓고 그래라."

　　다정은 그만 머쓱해졌다. 다함이 만화책에 고개를 파묻고 있을 때마다 옆을 지나가며 혀를 끌끌 찼던 기억들이 나서였다. 다정은 다함이 또래 친구들과 아이돌그룹에 열광하거나, 툭하면 시내로 놀러 나가거나, 만화책을 쌓아놓고 보는 것을 무용한 것이라 여기고는 했다. 물론 다함이 무서워서 겉으로 티는 못 내고 속으로만 생각하기는 했지만. 자신이 모르는 상식을 다함이 알고 있다는 사실에 다정은 민망해졌다.

그 마음을 아는지 모르는지, 다함은 복도에 서서 다음 시간대로 점프할 준비를 하고 있었다. 다음으로 가야 할 곳은 3학년 1학기 말. 수시모집에 필요한 생기부가 모두 마감되는 시기였다.

다정은 갑자기 요의가 느껴졌다. 화장실은 최대한 현재에서 해결하자고 서로 약속했으나 다행히도 이곳은 다정을 위한 화장실이 널린 남고였다. 화장실 좀 다녀오겠다는 다정의 말에 다함은 돌아보지도 않고 손가락으로 오케이 사인을 보냈다.

다정이 화장실에서 나올 즈음, 복도 끝에서 누군가 버럭 소리를 질렀다. 굵은 남자 목소리였다. 다정은 혼비백산해서 아예 화장실 칸 안에 들어가버렸다. 밖이 조용해질 때까지 기다리다가 복도로 나오니 다함은 사라지고 없었다. 다정은 덜컥 겁이 나 다함을 찾을 생각도 하지 않고 일단 뛰었다. 운동장을 가로질러 교문 밖을 벗어난 뒤 숨을 헉헉 몰아쉬며 한참을 주저앉아 있었다.

*

"그게 편견이라고요. 내가 걔를 짝사랑하면 왜 안 되는

데요?"

다함이 말을 거는 상대의 손에 가발이 들려 있었다. 다함은 자신이 그물 같은 머리망을 쓰고 있고, 그래서 상당히 웃긴 외양을 하고 있다는 사실도 잊은 채 핏대를 올리는 중이었다.

"짝사랑하는 애가 보고 싶어서 무단으로 들어온 거라고요. 그런 여자애들 없었어요? 가끔 있었을 것 같은데. 근데 왜 안 믿어요? 걔 잘생겼잖아요. 공부도 잘하고 몸도 좋고."

상담실 안은 조용했다. 다함의 맞은편에 앉은 선생님의 목에 걸린 호루라기가 흔들렸다. 누가 봐도 체육 선생님이었다. 다함이 뒤집어쓴 가발을 잡아당기고는 머리카락이 훌러덩 벗겨져 화들짝 놀라면서도, 순발력을 발휘해 도망치려는 다함의 목덜미를 반대편 손으로 잡아당겼던 사람.

체육 선생님은 담배를 피우고 돌아오다가 두발 규정을 지키지 않은 장발의 학생이 수업 시간에 복도에서 서성거리기에 그 긴 머리카락을 잡아챈 것뿐이었다. 그러고서는 가발이 벗겨진 여자애의 얼굴에 기함해 상담실로 질질 끌고 온 참이었다.

잡혀 온 다함은 관형을 짝사랑하는 막무가내 여자애를 임기응변으로 연기하고 있었다. 너무 좋아해서 학교에까지 몰래 숨어든 사고뭉치. 그렇게 설정한다면 훈방 조치 정도로 이 위기를 모면할 수 있을 거라 여겼기 때문이다. 보통 만화에서도 항상 그러니까. 무모한 사랑에는 힘이 있으니까.

그러나 다함의 이야기를 들은 체육 선생님은 비웃으며 핑계 대지 말고 똑바로 말하라고 추궁했다.

"네?"

"김관형이 이름 대면 쉽게 벗어날 줄 알았나 본데 턱도 없지. 걷지도 못하는 애를 누가 좋아해? 그러니까 이름 석 자 딱 대. 누구야, 김관형 말고 진짜 좋아하는 애가?"

다함은 정말로 화가 났다. 왜냐하면 다함은 처음 미팅한 카페에서부터 의뢰인이 멋있다고 생각했으니까. 그리고 자기 또래일 때의 모습을 본 지금은 더더욱 흠뻑 빠졌으니까. 다정에게는 절대 말할 수 없지만 교복 입은 과거의 의뢰인과 절대 이어질 일 없다는 사실을 생각하며 서글퍼 콧물을 삼킨 적도 있었다.

"김관형이라고요, 김관형. 왜 안 믿어요? 나 걔 좋아한다고요. 걷지 못하는 게 무슨 상관이에요, 두 다리 멀쩡해도 말 한마디 안 통하는 새끼들이 천지인데. 김관형은 똑똑하고 착해요. 그런 애가 얼마나 드문지 아세요? 나는 걔가 좋아서 온 거라니까요?"

다함은 조금 울 것 같아졌다. 괜찮은 남자를 만나 연애하고 싶다고 간절히 기도해왔는데, 생애 처음으로 마주한 이상형이 하필이면 절대 이어질 수 없는 과거의 관형이었기 때문이다. 그래서 그만 이성의 끈을 살짝 놓아버렸다.

"진짜 못 믿겠으면 김관형한테 공개 고백이라도 할게요. 이 정도로 진심이에요, 아시겠어요? 그러니까 저 그만 보내주시죠? 어차피 저는 다른 학교 학생이니까 때리지도 못하실 텐데."

다함의 도발에, 학생에게 절대 지고 싶지 않았던 그 빌어먹을 체육 선생님이 대답했다.

"공개 고백 좋지. 잘됐네, 좀 있으면 수업도 끝나는데. 그반 들어가서 공개 고백 하자, 어? 그거까지 하면 내가 인정한다."

분명히 자신을 엿 먹이려 하는 말임을 다함은 알았다. 그래서 하겠다고 했다. 성다함은 싸움꾼이니까. 원래 어렸을 때부터 다함은 그랬다. 자신이 무얼 잘하는지, 얼마나 똑똑하고 능력 있는지를 증명하는 것에는 관심이 영 없었다. 그러나 다른 사람이 자기 진심을 비웃을 때는 자신도 모르게 꼭지가 돌곤 했다. 제발 몸 좀 사리고 다니라는 호형 씨의 말에도 다함은 능청스레 대답하곤 했다.

"아빠, 똑똑한 사람은 세상에 별로 없지만 싸움꾼은 널렸어. 나 하나 싸워도 주목받지 않을 거야, 걱정하지 마."

물론 지금처럼 남고에 잠입한 여자애가 될 경우는 상상해본 적 없었지만 괜찮았다. 왠지 피가 끓었다.

아마 다정이 이 사태를 알았다면 반대로 피가 식어버렸을 테지만 다정은 이미 교문 밖으로 도망친 지 오래였기에 아무것도 알지 못했다.

종이 울렸다. 복도가 시끄러워졌다.

쌍둥이가 다니는 남녀공학에서는 공개 고백이라는 사건이 종종 일어났다. 무슨 데이라 이름 붙은 날마다 산발적으로 벌어지는 일이었다. 그런 날에는 전교생이 하루 종일 스프린터처럼 대기를 타고 있다가, 어디선가 비명이 들리면 구경하기 가장 좋은 자리를 점거하기 위해 전속력으로 몰려갔다. 이미 공공연히 썸을 타고 있는 경우는 재미가 없었다. 가장 흥미로운 경우는, 생각지도 못한 조합이 탄생했을 때였다.

물론 다함은 평소에 억지로 고백 받는 사람을 불쌍해하는 편이었다. 그러나 지금은 체육 선생님보다도 반걸음쯤

앞서 자신이 먼저 고백하기 위해 저벅저벅 복도를 걷고 있었다. 체육 선생님은 신이 나서 소리를 질러댔다.

"야, 여자애가 고백을 하러 왔단다! 구경하러 와라!"

체육 선생님의 외침에, 인파는 금세 구름 떼처럼 불어났다. 그리고 다함은 인파와 함께 곧 관형의 학급에 도착했다. 이미 학생들은 교과실에서 교실로 돌아온 참이었다. 화장실이 급했던 학생들조차 교실을 뜨지 못하고 상기된 표정으로 상황을 지켜보았다. 공부에 목숨 건 학생만 가득한 이 명문 남고에 여자애가 침입한 것은 개교 이래 처음이었으니까.

그러나 칠판 앞에 선 다함은 고개를 저으며 체육 선생님에게 말했다.

"없잖아요."

"뭐?"

"여기 없는데요, 김관형."

김관형이라는 세 글자가 구경꾼들 사이에서 들불처럼 번졌다. 김관형? 그 김관형? 저 여자애가 지금 김관형을 좋아한다고 찾아온 거야? 휠체어 탄 김관형?

이내 모두가 한목소리로 외쳤다.

"김관형 찾아와!"

다함은 예쁘다는 말을 들은 적은 없었다. 다들 다함을 그냥 키 크고 괄괄한 애로 생각했다. 다함의 시간대에는 그랬다.

하지만 과거 관형의 시간대에는 그렇지 않았다. 어디를 걸어도 눈에 띌 비주얼이었다. 다함은 그 시대에 반짝 유행했던 도회적 모델 이미지를 완벽히 탑재한 얼굴이었다. 게다가 어딘지 모르게 미래적으로 보이는 분위기까지 겸비한(그냥 다함의 시간대에 유행하는 아이라인을 그린 것뿐이었다).

그런 다함이 교실에 들어오는 순간부터 학급의 모든 남학생은 두 가지 생각에 잠식될 수밖에 없었다. 첫째는 궁금증, '저런 애가 좋아한다는 남자애가 대체 누구야? 우리 반에 그런 애가 있어?'. 둘째는 희망, '그게 혹시 나는 아닐까? 물론 초면이지만, 혹시 어디선가 나를 봤을 수도……'.

그런데 다함의 입에서 김관형이라는 이름이 나온 것이었다.

아직도 교과실이 있는 층에서 계단 올라가는 걸 도와줄 사람을 찾고 있던 관형은, 다른 반 구경꾼들에 의해 신속하게 옮겨졌다. 그 배달꾼들은 친절하게도 관형의 휠체어를 다함의 코앞에 대령했고, 둘은 교단에서 마주 보게 되었다.

"누, 누구세요?"

관형의 물음에 다함은 대답했다.

"좋아해요."

"네?"

"좋아한다고요."

"저를…… 아세요?"

알다마다. 그러나 관형은 학원도 안 다녔고, 초등학교와 중학교 동창은 너무 적어서 익히 잘 알고, 등하교 역시 부모의 차로 했다. 대체 어디서 저런 여자애를 알게 된 건지 의아해하는 게 당연했다. 그러니 다함이 내세울 수 있는 빌미는 하나뿐이었다.

"기사 보고요. 그때부터 좋아했어요."

"기사요?"

"입학식 기사."

그 굴욕적이었던 사진.

"그거 보고 반했어요. 이상형이었거든요. 일년 동안 참았는데 계속 생각이 나서, 그래서……."

관형을 제외한 모두의 입이 쩍 벌어졌다. 다함은 눈을 질끈 감고서는 소리쳤다.

"그래서 찾아왔어요! 받아달라는 건 아니에요, 그냥 보고 싶었습니다! 나중에, 나중에 성인이 되면 다시 데이트 신청할게요!"

수업 종이 쳤다. 그러나 학생들은 아무도 교실로 돌아가지 않았다. 휘파람을 불고 박수를 치고 발을 굴러댔다. 선생들이 지시봉을 휘두르며 해산시키려고 했으나 막무가내였다. 받아줘, 받아줘! 변성기가 지난 남학생들이 일제히 소리 높여 외쳤다. 그리고 다함을 찾아야 한다는 일념 아래 다시 잠입한 다정이 마침내 그 광경을 목격하고 말았다.

*

쌍둥이는 과거의 작은 변화가 미래에 걷잡을 수 없는 왜곡을 불러온다는 말을 별로 신경 쓰지 않았다. 논지는 간단했다. 인간의 자의식이 너무 커서 생긴 개념이라고 생각했기 때문이다. 인간 개개인은 우주적 입장에서 보기에 너무나 미미한 존재라서, 역사적으로 굵직한 사건에 아주 주도적으로 끼어들지 않는 이상 쉽게 미래를 바꾸지 못한다는 논리였다. 나름 수학적으로 증명도 했다. 맞는지는 모르겠으나.

그러나 이번에는 좀 달랐다. 다정은 반쯤 화가 나서 물었다.

"고백을 받아줬으면 어쩌려고 그랬어?"

"몰라, 안 받아줬으니까 된 거 아니야?"

"아니지, 의뢰인이 너를 알게 됐잖아. 이젠 완전 알게 됐다고."

"일단 이미 벌어진 일이니까 돌아가서 생각하면 안 될까?"

다정은 이마를 짚었다. 의뢰인이 고백을 거절한 덕분에 간신히 빠져나온 주제에 자꾸만 자기 행동을 합리화하려드는 다함에게 진절머리가 났다. 자신이 다함을 버리고 도망갔던 것은 생각도 않고. 그래서 홧김에 말했다. "그만두자."

"뭐?"

"이 의뢰, 그만두고 착수금 돌려주자고."

"미쳤어? 우리가 시간을 얼마나 썼는데!"

"다른 의뢰 받아서 하면 돼. 그리고 이제 가능성이 없어. 네 얼굴이 그렇게 팔려서 이 학교에는 이제 들어오지도 못할 텐데 뭘 어떻게 하려고 해?"

미팅 당시 의뢰인은 고등학교 3학년 때의 담임과 큰 갈등을 겪었다고 말했다. 그래서 쌍둥이는 3학년이 되기 전의 과거를 살펴보며 의뢰인의 말을 믿을 만한지 판단한 후 3학년으로 건너가 본격적인 행동을 취해야 했다. 그러나 다정이 갑자기 더는 못 하겠다며 파업을 선언한 것이다.

"이거 너무 어려운 일이야. 의뢰인도 미팅할 때 얘기했 잖아, 실패해도 이해하겠다고. 3학년 때 가서 또 이렇게 개 입하고 나면 무슨 일이 벌어질지 솔직히 좀 겁나. 그러니까 포기하자, 쉬운 일로 돌아가자고."

다함의 얼굴이 새빨갛게 물들었다. 울기 직전의 상태라 는 걸 다정은 알았다. 그리고 퍼뜩 깨달았다. 어쩌면 정말 로 다함이 고등학생 관형을 짝사랑하는지도 모른다는 걸. 이건 쌍둥이의 직감이 아니고서는 설명할 수 없었다.

"그래, 가자."

다함이 간신히 입을 열었다.

"그리고 다시는 오지 말자."

주섬주섬 장비를 챙기는 다정의 뒤에서 다함이 딸꾹질 하며 우는 소리가 들렸다.

'아니, 잘 알지도 못하는 데다가 심지어 과거의 사람을 어떻게 짝사랑할 수 있지? 원래 내 또래 여자애들은 다 그 런가? 아니면 쟤 성격만 저렇게 불나방 같나?'

다정은 고개를 절레절레 흔들었다. 하지만 미션을 실패

했다는 사실에 마음이 몹시 쓰라리기는 했다.

*

그러나 실패가 아니었다. 여차하면 무릎이라도 꿇을 각
오를 하고 있던 쌍둥이에게 다시금 미팅을 요청한 의뢰인
은 몹시 상기된 표정으로 나타났다.

"솔직히 말씀드리면 의뢰드리고 나서 매일 아침 생기부
를 확인했어요. 의심한 건 아니에요! 정말 간절해서 그랬
는데 오늘 드디어 바뀐 걸 보고 너무 놀라서 급하게 연락드
렸어요."

리더십이 돋보임. 설득력 있는 발화와 솔선수범하는 행동
을 통해 급우들을 이끌었으며, 항만시 인근 장애인시설에서
진행되는 학급 봉사활동을 직접 기획하고 주도적으로 진행함.
학교 내부에서 휠체어를 탄 장애인의 이동 가능성에 대해 에
세이를 썼고 적극적인 투고를 거쳐 유수의 출판사를 통해 출
간함. 3학년 1·2학기 연속으로 학급 회장에 선출됨. 회장으로
서 소외되는 급우들을 도왔으며, 학업에 어려움을 겪는 학생
들을 위해 주말마다 직접 또래 과외를 진행함. 생기부에 기록

되는 정식 활동이 아님에도 참여 학생을 상당수 유치함.

"다 3학년 당시에 실제로 제가 했던 건데, 담임은 전혀
몰랐고 신경도 쓰지 않았어요. 생기부에 적어주지도 않았
고요. 그런데 오늘 보니 이게 다 기록이 되었네요."

"학급 회장도 하셨던 거예요?"

다정의 물음에 의뢰인은 대답했다. "다들 입시 준비하
느라 바빠서 아무도 안 하려고 했거든요. 그러니까 담임이
저를 시켰었죠. 제가 제일 만만하니까. 그렇게 활동을 잔뜩
했는데도 생기부를 백지로 남겨둔 거예요. 그런데 이렇게
기록되어서 너무 좋아요. 제가 실제로 한 것보다 더 멋지게
적혀 있네요. 감사해요."

의뢰인은 잔금과 더불어 쌍둥이가 처음 보는 비싼 초콜
릿 세트까지 선물로 주었다. 휠체어를 돌려 카페를 나서는
의뢰인에게 다정은 물었다. "초콜릿은 왜요?"

의뢰인은 대답했다.

"그냥, 고맙다는 고백을 하고 싶었어요."

*

　나중에 다정은 다함 몰래 고등학교 3학년 시절의 관형을 염탐하러 가보았다. 관형은 완전히 유명인이 되어 있었다. 모델 같은 여자애에게 고백을 받은 대상이라는 게 남학생들 사이에서 이렇게 큰 힘인지 다정은 전혀 알지 못했었다. 물론 불을 지핀 당사자인 다함도 몰랐을 것이다.

　어쩌면 이게 바로 서열이라는 거겠지, 하고 생각하며 다정은 훨씬 밝아진 관형을 관찰했다. 그래서 나비효과라는 게 있기는 한 건지 다정은 조금 헷갈렸고 자신이 가진 모든 계산 능력을 동원해도 딱히 결론을 낼 수 없었다. 다만 하나는 알았다.

　어쨌든 무언가 조금 더 옳은 각도로 바로잡혔다는 사실 말이다.

　그러나 다함에게, 네 덕에 관형이 유명해졌다는 말은 하지 않았다. 그 시대의 남자애들이 한 번 본 너를 잊지 못해 상사병에 발버둥 치더라는 말도 하지 않았다.

　보이면 으르렁대기 바쁜 쌍둥이 누나가 남자에게 인기 있다는 사실을 인정하고 받아들일 수 있는 남동생이 세상에 과연 있을까. 다정은 없다고 믿었다.

막말하는 사람들

소문은 쌍둥이가 다니는 학교의 학부모회에서 가장 먼저 나왔다. 주로 성적 최상위권의 자녀를 둔 부모들로 구성된 집단이었으니 지금껏 쌍둥이의 이름을 주목할 일은 전혀 없었다. 호형 씨가 쓰러지기 전날 다정 혼자 전교에서 유일하게 수학 시험 백 점을 맞은 탓에 달갑지 않은 주목을 받게 된 셈이었다.

"걔들 아빠가 쓰러졌다던데요. 의식도 못 찾고 병원에 있대."

"나도 들었어요. 어머, 근데 그 소문은 못 들었어요? 간병인 쓰고 있다고. 애들이 학교 끝나면 아빠를 보러 가야지, 아빠는 내버려두고 어딜 그렇게 싸돌아다니는 걸까요?"

"근데 간병인을 그렇게 쓰려면 돈 많이 들지 않나?"

"그러니까요, 무슨 돈이 있어서. 소문 들어보니까 아빠가 출근도 안 하고 그냥 집에 있었다는데. 애들 행색도 영 허름하다던데……."

"그런데 아무리 생각해도 그 남자애 혼자 수학 백 점 맞은 건 너무 이상하지 않아요? 원래 썩 잘하는 애도 아니었잖아요. 근데 갑자기 그렇게 시험을 잘 보다니 말도 안 되죠. 어디서 혼자 족집게 강의를 들어도 쉽지 않지."

"우리 애가 그러는데, 교실에서 시험공부 하는 모습을 한 번도 본 적 없대요. 성적도 별로면서 맨날 공부랑 관계없는 어려워 보이는 책만 읽으면서 잘난 척한다고 엄청 꼴사나워하던데."

"만약 진짜 뭔가 석연찮은 게 있다면 가만히 있으면 안돼요. 1등급 애들은 지금 다 비상이라고요. 엉뚱한 애가 끼어드는 바람에 등급 하나씩 내려갈 위기인데. 수학 하나 2등급 나오면 타격이 얼마나 큰데!"

"한번 알아봐야겠어요. 선생 쪽에서 문제를 흘린 걸 수도 있어요."

"맞아요! 서술형 3번 문제 낸 선생, 그 선생이 걔를 엄청 예뻐한다잖아요. 교무실로 맨날 부른대요. 저번엔 뭐, 걔네 아빠 줄 성금 모금하는 게 어떠냐고 수업 중에 말도 안 되

는 소리도 했다던데. 애가 오히려 눈치가 빨라서 거절했다
고 하더라고요."

"세상에."

"어쨌든 뭔가 이상해요. 큰일 나기 전에 얼른 바로잡아
야 한다고요. 어느 학원에서도 한 번을 안 보인 애가 갑자
기 우리 애들 등급을 쏙 빼먹고 있는데, 다음 시험 때 다른
과목에서 또 장난질하면 어떡해요?"

*

다정은 자신을 두고 학부모들이 뭐라고 쑥덕대는지는
몰랐다. 다만 백 점을 맞지 말걸, 하고 후회할 때는 많았다.
그 서술형 3번 문제를 낸 수학 선생님이 자신을 교무실로
부를 때도 그랬다.

그 문제를 완벽히 풀어낸 사람은 전교에서 다정밖에 없
었다. 수학 선생님이 상위권 학생들 코를 납작하게 해주고
자신의 자존심을 세우기 위해 그 문제를 냈다는 것을 알았
다면, 다정은 완벽한 풀이를 자제했을까. 사실 다정도 자기
능력을 보여주고 싶은 충동에 그 문제를 풀었으니, 어쩌면
그와 자신이 비슷한 사람일지도 모른다는 생각도 들었다.

그렇게 생각하자 다정은 굉장히 슬퍼졌다.

수학 선생님은 보는 눈이 많은 교무실에서는 친절했지만, 상담실로 들어가 문을 닫고 나서는 돌변했다. 상담실 안에서 수학 선생님이 하는 거라고는 다정의 생기부를 펼쳐놓고서, 얼마나 빈틈이 많고 얼마나 대입에 형편없을 것이며 돌이키는 건 또 얼마나 어려운지 논평하는 것뿐이었다. 그렇게 다정을 깔아뭉개고서 꼭 마지막에는 아버지 일로 자신이 도울 것은 없는지 물었다. 아버지가 쓰러졌다는 사실 역시 쌍둥이는 친구들은 물론 누구한테 단 한 번도 이야기한 적이 없었다. 수학 선생님이 여기저기 소문을 퍼뜨린 것이었다.

다음 시험은 꼭 못 봐야지, 생각하다가도 다정은 자신이 다음 시험을 망친다면 고소해할 사람이 얼마나 많은지를 상상하게 되었다. 그러면 정말로 속이 답답해 미칠 것 같았다. 다함에게도 털어놓을 수 없었다. 다함이라면 그렇게 왜 욕심을 부렸느냐고 따질 게 틀림없었으니까.

답답한 속을 풀 방법은 오로지 생기부 수정 사업뿐이었다. 사업은 꽤 호황이었다. 어쩌면 이제 다함 없이 혼자 출장을 다녀도 되지 않을까 생각될 정도로. 일에 정신을 쏟느라 다정은 자신이 최상위권 학부모들의 주시를 받고 있다는 사실도 알아채지 못했다.

그리고 수학여행이 다가왔다.

세 번째 의뢰인
: 승자의 역사

수학여행지는 서울이었다. 호형 씨가 깨어 있었더라면 아마 수학여행지를 두고 대단히 불안해했을지도 모른다. 쌍둥이가 서울로부터 아주 먼 항만시에 살고 있는 이유가 아빠가 서울에서 젊은 시절 겪어야 했던 고초 때문이었으니까. 아빠는 서울 쪽으로는 잠잘 때 머리도 두지 않았다.

하지만 쌍둥이는 설렐 수밖에 없었다. 서울은커녕 대도시도 가본 적이 없었으니까. 특히 다함이 설렘을 도통 숨기지 못하고 야단법석이었다. 친구들과 일주일 내내 시내에 가서 옷을 샀고, 사진에 예쁘게 나오려면 다이어트를 해야 한다며 급식도 절반만 먹었다.

반면 다정은 다른 꿍꿍이가 있었다. 어차피 다정은 특별히 속해 있는 무리도 없었고(백 점 사건 이후로는 더 심해졌다),

혼자 다니는 데에도 익숙했다. 간밤에 슬쩍 없어져도 아무도 모를 것 같았다. 어차피 같은 반 애들은 선생님의 눈을 피해 밤새 어른 흉내를 낼 계획만 세우고 있었고, 다정은 그런 것에는 전혀 관심이 없었다. 휘말리고 싶지도 않았다. 그래서 계획을 세웠다.

서울 출장.

당연히 난이도는 있을 터였다. 지금껏 해치웠던 의뢰는 모두 자신에게 익숙한 항만시 안에서만 이루어져왔다. 물론 시간대가 과거기 때문에 GPS 같은 건 쓸 수 없었지만, 어쨌거나 지리를 웬만큼 알고 있어서 이동이 쉬웠다. 문제는 서울이라는 바뀐 공간이었다. 잘못하면 미아가 될까 봐 조금 걱정되었다. 그럼에도 도저히 이 기회를 놓칠 수 없는 이유가 있었다. 서울에서는 의뢰가 넘쳐났기 때문이다.

쌍둥이가 생기부 수정 서비스를 시작한 후, SNS로 받은 의뢰의 8할이 서울에서 왔다. 항만시 인근만 받는다고 거절하면 그들은 의뢰 비용을 사정없이 올렸다. 기름값도 최대한 얹어 주겠다며 설득했다. 상대가 자유롭게 이동할 수 없는 미성년자라는 걸 모르니까 하는 말이었다. 어렵사리 의뢰를 거절하고 나면 쌍둥이는 서로의 얼굴을 보며 한숨을 쉬곤 했다. 아쉬운 마음도 있었고 겨우 생기부 하나 때문에 상상도 못 했던 금액을 부르는 이들의 속내가 뭘까, 헤아리기 힘든 탓도 있었다.

수학여행 안내 가정통신문이 배부된 날 다정은 지금껏 거절한 의뢰를 다시 뒤져보았다. 그중 가장 높은 의뢰 비용을 제안했던 사람을 찾아냈다. 찾아보니 수학여행 숙소에서 의뢰인의 출신 학교까지는 겨우 오 킬로미터 떨어져 있었다. 다정은 거의 옆집 수준이라고 생각하며 다시 연락해 의뢰를 받아들였다. 어차피 다함은 수학여행 준비 때문에 정신이 없어서 계정을 확인하지 않을 것 같았다.

저는 친구의 배신 때문에 생활기록부에서 너무 큰 불이익을 받았습니다. 빼앗긴 저의 시간을 부디 돌려주세요. 저의 능력에 비해 너무 비루하게 살고 있습니다. 억울해서 못 살겠습니다. 고등학교 2학년 때를 조사해주세요. 제발 제 얘기를 들어주세요.

다함은 그 사연을 보자마자 설명이 부족하다며 묵살했었다. 그러나 지금 다정은 그 부족함 덕에 그가 제시한 비용이 비쌌다고 믿었다. 그리고 무엇보다, '저의 능력에 비해 너무 비루하게 살고 있다'는 말을 도저히 잊을 수가 없었다. 그 쉬운 수학 시험을 백 점 맞았다는 이유 하나만으로 곤욕을 겪고 있는 자신의 모습이 겹쳐졌기 때문이다.

다정은 그에게 연락해 생기부 사본을 받아냈다. 별다르게 나쁜 말은 보이지 않았다. 뭐가 억울하단 거지, 다정은 고개를 갸웃했으나 일단 조사에 착수했다.

*

숙소의 모두가 잠든 수학여행 첫날 새벽, 의뢰인의 시간대에 떨어진 다정은 한참을 헤맸다. 분명 오 킬로미터밖에 떨어지지 않은 곳이었는데 가는 길이 너무 힘들었다. 정확히 말하자면 의뢰인의 모교가 대중교통으로 가기에는 여의치 않은 곳에 있었다. 힘들게 물어물어 길을 찾는 내내 다정은 혹시 달동네 같은 곳에 있는 게 아닐까 생각했다.

그러나 점심 때를 넘겨 간신히 도착한 곳의 모습은 다정의 예상과는 정반대였다.

"이게 뭐야."

외부인의 침입을 막으려는 의도가 명확해 보이는 곳이었다. 대중교통으로 오가기 대단히 어렵고, 높은 담이 가득하고, 차도는 넓지만 인도는 좁은, 쓸 만한 인도는 아주 번

듯한 공원으로만 조성된 동네.

교내로 들어갈 방도도 마땅치 않았다. 모든 출입구에 경비원이 있었다. 다함이었다면 어떻게든 능청을 떨었겠지만 다정은 불가능했다. 그래서 교문 밖에 웅크린 채 하교 시간만 기다렸다.

그렇게 여덟 시간을 버텼다. 하교 시간은 밤 열한시였다. 그리고 다정은, 고등학생인 의뢰인이 체구가 퍽 작은 누군가의 목덜미를 질질 끌고 어둑한 골목으로 들어가는 것을 목격하고 말았다.

"야."

의뢰인을 포함해 열 명은 족히 되어 보이는 학생들이 한 명을 둘러싸고 있었다. 의뢰인이 씩 웃으며 그 학생에게 무언가를 던졌다. 공처럼 동그랗게 구긴 종이 뭉치였다.

"이거 좀 읽어줄래? 나는 주변이 어두워서 잘 안 보이네."

학생이 손을 조금씩 떨기 시작했다. 처음에는 주우려 하지 않았으나 다른 학생들이 몇 번 발로 차자 결국 주워 종이를 폈다. 그러고는 작은 목소리로 제목을 읽었다.

"학교 폭력 신고서……."

"응, 그래. 피해 신고자가 누구지?"

"김민환."

다정은 깜짝 놀랐다. 김민환은 의뢰인의 이름이었다. 그런데 가해자가 아니고 피해 신고자라고?

"신고 내용이 뭐라고 적혀 있어?"

학생이 천천히 내용을 읽기 시작했고 다정은 더욱 소스라쳤다. 적힌 악행의 정도가 너무 심했다. 가해자는 피해자를 폭행하고 돈을 빼앗고 심지어는 피해자의 여자친구마저 스토킹했다. 관련된 증거 역시 모두 마련되어 있다고 신고서에는 적혀 있었다.

그러나 지금의 장면은 누가 봐도 의뢰인이 가해자인 것처럼 보였다. 다정이 숨을 죽이고 있는 사이, 신고서를 다 읽은 학생이 두 팔을 죽 늘어뜨렸다. 의뢰인이 웃으면서 말했다.

"그건 복사본이고 원본은 집에 있어. 내일 제출하려고, 신고서."

"미안해, 잘못했어."

"뭘 잘못했는데?"

"너한테 잘못한 거……."

"그럼 여기 쓰여 있는 거 다 인정한다, 그 말?"

"너한테 잘못한 걸 사과할게, 그게 뭐든."

"여기 써 있는 거는 인정 안 한다?"

상대는 말이 없었다. 의뢰인이 침을 뱉었다.

"인정하라고, 인마. 난 가해자가 정당한 처벌을 받는 걸 꼭 보고 싶어. 우리 학교에서 이런 걸 너무 안일하게 생각하고 은폐하는 경향이 있잖아. 난 그게 정말 큰 잘못이라고 생각하거든? 사회가 그렇게 돌아가면 안 되지. 아, 혹시 알아? 다 인정하면 정상참작 될지도."

의뢰인이 학생의 어깨를 툭 쳤다.

"그럼 수고해라, 조심히 들어가고."

그러더니 친구들과 함께 골목에서 빠져나왔다.

다정은 다음 날 아침으로 점프했다. 어슴푸레한 새벽, 쌍둥이가 평소 등교하는 것보다도 두 시간이나 빠른 시각에 교정이 시끄러워졌다. 다들 공부하러 새벽에 등교하는 모양이었다. 다정도 인파에 슬쩍 끼어 교문을 통과했다. 그러고는 학교를 돌며 구조를 염탐했다. 남녀공학에 분반인 듯했다. 교실들은 모두 본관에 있었는데, 놀랍게도 교무실이 별관에 있었다. 그러니까 본관을 관리할 어른은 없는 것이나 마찬가지였다. 게다가 학교에는 CCTV 사각지대가 지나치게 많았다. 다정의 눈으로 각도와 위치만 얼추 재봐도 바로 알아차릴 수 있는 사실이었다.

0교시라 불리는 아침 자습이 시작된 후, 고요해진 본관 복도에서 살금살금 걸어가던 다정은 깜짝 놀라 그만 입을 쩍 벌리고 말았다. 복도에 빼곡하게 걸린 종이 때문이었다.

종이 맨 위에 커다랗게 적힌 글씨는 '6월 교육청 모의고사 순위'였다. 그 아래에는 전교생의 이름이 총점순으로 나열되어 있었다. 지난달 사설 모의고사 때에 비해 점수가 얼마나 변화했는지, 등수가 얼마나 달라졌는지까지 세세히 표기된 채였다. 현재에는 있을 수 없는 일이었다. 성적을 이렇게 공개적으로 게시한다니. 그런데 아무도 학교에 항의를 하지 않는다니.

다정은 자신이 잘 알고 있는 유일한 이름을 어렵지 않게 찾아냈다. 김민환. 맨 앞에 있었다. 공부도 잘하는데 남도 괴롭히는 일진인가? 뭐, 그럴 수 있다. 다정의 학교에도 그런 애들은 많았다. 게다가 동네를 보아하니 집도 잘사는 모양이고.

"어?"

그런데 전교 사십등 즈음에 똑같은 이름이 하나 더 있었다. 김민환. 학급은 같고 학번이 달랐다. 일등을 한 김민환의 바로 앞 번호였다.

이 두 김민환 중 누가 의뢰인인가. 다정은 혼란스러웠다. 이런 식으로 가끔 동명이인이 같은 반에 배정될 경우 이름 뒤에 A, B 따위의 표식을 붙여 구분하고는 하는데 왜 이 학교에서는 구분하지 않았을까. 이러면 누가 진짜 일등 김민환인지 알기가 영 힘들 텐데. 보통 같은 반이라 하더라도 남의 번호까지 외우지는 않으니까.

다정은 핸드폰을 들었다. 의뢰인에게서 전달받은 생기부의 학번을 확인하기 위해서였다. 그런데 아뿔싸, 배터리가 겨우 20퍼센트였다.

일곱 명이 같이 쓰는 수학여행 숙소는 콘센트가 두 개밖에 없었다. 당연히 잘나가는 애들이 콘센트를 독점했고 다정은 그러지 못했다. 눈치만 보다가 핸드폰 충전도 하지 못하고 섣불리 점프해버린 것이었다. 바보 같았다. 다정은 자책하며 퍽퍽 머리를 내려쳤다. 다시 돌아갈 수도 있지만 어쨌거나 그 숙소의 콘센트를 자신이 차지할 가능성은 적었다. 그리고 무엇보다 원래 시간대로 점프하는 것에 배터리를 꽤 쓰기 때문에, 지금으로서는 배터리를 허투루 낭비할 수 없었다. 그래도 주머니가 불룩해서 만져보니 다행히 충전기가 들어 있기는 했다. 정신이 아주 빠지지는 않은 모양이었다.

수업을 마치는 종이 울리자 졸음에 찌든 학생들이 비척비척 밖으로 나왔다. 다정은 학생들 사이에 섞여 걸으며 콘센트를 쓸 수 있을, 그러면서도 타인에게 들키지 않을 법한 곳들을 필사적으로 떠올렸다. 비데가 있을 가능성이 높은 교직원 화장실? 전자레인지가 몇 개씩 있을 매점?

정말 아무 생각 없이 걸었는데 아마도 인적 드문 곳으로 가는 본능이 작동한 모양인지 정신을 차렸을 때는 도서실 앞에 있었다. 문을 살짝 건드려보니 열려 있어서, 얼른 그 안으로 들어갔다. 역시나 예상했던 것처럼 사람은 보이지 않았다. 누군가 관리해야 하지 않을까 싶었으나 도서부원도, 사서교사도 없었다.

다정은 도서실 깊숙한 곳에서 콘센트를 찾아냈다. 충전기를 연결한 후 책장 사이 바닥에 비스듬히 앉아 한숨을 쉬었다. 잠을 못 잔 지 오래되어 졸음이 몰려왔다. 딱 한 시간만 눈을 붙이자고 생각하면서 연신 하품을 했다.

*

다정은 꿈을 꾸었다.

꿈속에서 자신은 다정이 아니라 호형 씨였다. 누워 있는데 온몸이 움직이지 않았다. 자꾸 숨이 막혔다. 자신과 다함이 눈물을 흘리며 누워 있는 호형 씨를 바라보고 있었다. 몸이 차가워졌다. 일어나야 하는데. 아빠의 몸을 한 다정이 생각했다. 맞은편의 자신이 아빠의 어깨를 두드려댔다. 걱정하게 하고 싶지 않은데 몸이 잘 움직이지 않았다.

그런데 쌍둥이의 얼굴이 조금씩 변했다. 아빠가 말했던 그 사람들, 도드라지게 잘난 아빠를 죽도록 괴롭혔다는 사람들의 이목구비로 바뀌었다. 사실 다정은 그 사람들의 얼굴을 알지 못하니 상상 속의 이목구비에 불과했지만 악마 같기도, 괴물 같기도 한 얼굴이었다.

그 사람들은 입을 쩍 벌리고 아빠의 몸을 먹으려 들었다. 다정은, 그러니까 아빠는 마구 몸부림쳤다. 그러나 사지가 맘대로 움직이지 않았다.

그들이 말했다.

기어오르지 말라고. 네가 그렇게 대단해? 너는 한낱 고깃덩이야, 고깃덩이.

그러고는 다시 입을 쩍 벌렸다. 이빨이 온통 뾰족했다.

"저기!"

다정은 소스라치며 깨어났다. 누군가 자신의 몸을 잡아

흔들고 있었다. 아마도 도서부원인 모양이다.

"점심시간 끝나가니까 얼른 돌아가."

점심시간이라니. 다정은 부리나케 일어나 충전이 끝난 핸드폰으로 시간을 확인했다. 오후 열두시 사십분. 도대체 얼마나 잔 건지 셈하기도 힘들었다.

다정은 비척대며 일어나 콘센트에서 충전기를 뽑았다. 이렇게 오래 뻗어 있는 동안 아무 일도 일어나지 않았다는 것에 감사해야 할지도 몰랐다. 저 도서부원이 다정을 이상하다고 생각하지 않은 것, 다정을 그저 같은 학교 학생 중하나라 여긴 것…….

그런데 이상했다. 자신은 실체도 없는 교실에 가는 척을 하려고 부산을 떨고 있는데, 정작 자신을 깨운 도서부원은 교실에 갈 생각이 없어 보였다. 다정은 궁금해졌다.

"너는 교실 안 가?"

다정이 묻자 도서부원은 눈을 동그랗게 떴다. 종이 쳤다. 다정은 움직이지 않았다. 도서부원도 마찬가지였다. 종소리가 잦아들고 나서도 둘은 내내 조용했다. 그렇게 몇 분이 더 흐르자 마침내 도서부원이 먼저 입을 열었다.

"너, 나 몰라?"

"어?"

"난 우리 학교 애들 다 아는 줄 알았는데……."

"뭘?"

"모르는구나. 난 지금 교실에서 쫓겨나서……."

"쫓겨나?"

"친구를 괴롭혀서 쫓겨났어. 그래서 여기 와 있는 거야. 전교생 다 아는 줄 알았는데."

다정은 비로소 그 애를 알아보았다. 어제 의뢰인이 무리지어 괴롭히던 아이였다. 교복에 자수로 김민환이라는 이름이 적혀 있었다. 동명이인이구나. 그렇다면 이 애는 일등 김민환일까, 사십등 김민환일까. 다정은 궁금해졌다. 그러나 더 시급한 궁금증은, 학교 수업 시간에 이렇게 혼자 소외된 학생이 있어도 되나, 하는 거였다.

"상담실 같은 데 가 있어야 하는 거 아니야?"

"우리 학교에 상담실이 어디 있어. 너 혹시 전학생이니?"

"응."

작은 민환(미안하지만 다정은 일단 체구를 통해 구분하기로 했다)에게 대충 들은 내용은 이랬다. 이 학교의 도서실은 존재하기만 하지 아무도 사용하지 않는 곳이었다. 빈약하고 낡은 장서를 보아하니 알 법도 했다. 그리고 민환은 덧붙였다. 다들 공부하느라 책 읽을 시간도 없다고. 읽든 안 읽든 독서 기록을 생기부에 넣는 게 당연한 시대에서 온 다정으로서는 신기할 노릇이었다. 대신 도서실은 주로 잘못한 학생을 보내는 일종의 유배지처럼 쓰였는데, 평소엔 잠겨 있으나 오늘은 자신 때문에 열려 있다고 했다.

"지금 우리 반 애들은 다 목격자 증언을 쓰고 있을 거야. 내가 피해자를 괴롭힌 적이 있는지, 어떻게 괴롭혔는지 익명으로 쓰는 거지. 책상 사이에 가방 올려놓고서."

"조사를 그렇게 공개적으로, 허술하게 한다고?"

"뭐, 형식적인 거니까."

"네가 정말 괴롭힌 거야?"

"그렇대."

"그렇대라니?"

"크게 상관없는 거지. 어차피 결론은 나 있으니까. 괜찮아, 억울하지만 어쩌겠어. 나는 어떻게든 여기서 계속 내 성적만 잘 받고, 잘 버텨서 졸업만 무사히 하면 돼."

작은 민환이 정말 교실로 안 가도 괜찮겠냐고 다시 물어서, 다정은 어영부영 밖으로 나올 수밖에 없었다. 수업이 진행되는 교실들 옆을 조심조심 지나 의뢰인의 반으로 갔다. 성세쥐를 꺼내 불투명한 교실 창문에 슬그머니 붙였다.

쓱싹쓱싹, 학생들이 무언가를 쓰는 소리가 들렸다.

"현금 갈취, 여자 친구 스토킹, 이것도 큰 문제지만 가장 중요한 건 민환이한테 자기 시험을 대리로 보게 했다는 점이야. 이 의혹을 잘 생각해봐야 해. 이런 의혹이 나온다는 것 자체가 우리 학교의 수치다. 그리고 너희한테도 일어날 수 있는 일이야."

대리 시험? 그 얘긴 어제 엿들었던 신고서, 그 구겨진 종이에 적힌 내용에는 없는 말이었다.

"전교에서 놀던 김민환이 왜 그렇게 추락했는지, 갑자기 나타난 전학생 김민환이 어떻게 갑자기 내신이며 모의고사며 연달아 일등을 하는지. 그게 핵심이야. 논리적으로 생각하면 금방 답이 나오는 얘기다."

전학생이 갑자기 일등을 하는 게 뭐가 어때서? 다정은 의문이었다. 그러나 선생님으로 보이는 사람이 곧바로 답하듯 말했다.

"야자도 안 하겠다고 뻗대고, 체벌하면 신고하겠다고 말하는 정신 빠진 새끼가 어떻게 일등을 하느냐는 거다. 말이 안 되잖아? 그리고 뭐, 너희 말 들으니까 걔 학원도 과외도 안 다닌다며. 그런 새끼가 어떻게 우리 학교에서 일등을 하느냐는 말이지. 예전에 다니던 똥통 학교도 아니고 우리 학교에서.”

“선생님, 이거 밝혀지면 성적은 어떻게 돼요?”

“원상복구해야지. 진짜 민환이가 자기 성적을 되찾을 거고.”

“가해자는 계속 학교 다녀요?”

“아니, 강제 전학이든 뭐든 시켜야지.”

다정은 불공정하다고 생각했다. 도서실에서 작은 민환은 ‘성적 잘 받고 졸업 무사히 하는 것’이 목표라 말했다. 그렇다면 자신에게 대리 시험의 죄목이 씌었다는 사실을 모른다는 소리였다. 그걸 알았다면 그토록 태연하지는 않았을 터였다. 아직 누가 거짓말을 하는지 확실히 장담할 수는 없으나, 어쨌든 피고석에 선 사람도 자신이 받고 있는 의혹을 모두 정확하게 알고 있어야 했다.

‘야자 안 하겠다고 뻗대고, 체벌을 신고하겠다고 말하는’ 애가 미움을 받을 거라는 사실은 쉽게 알 수 있었다. 다정의 시간대에도 지금의 학교와 예전의 학교는 분위기부터가 많이 다르다고 나이 든 교사들이 말하곤 했으니까. 가끔 교권 침해에 대해 이야기하면서 과거를 그리워하는 것처럼 보이기도 했다. 다정은 솔직히 누구의 편을 들어야 할지 갈피를 잡지 못했다. 또래 중 무섭거나 이해하지 못할 사람도 많았다. 그러나 사람이 사람을 때린다는 건 어느 경우에든 받아들일 수 없는 일이었다.

진상을 더 알아보기 위해 조금 더 과거로 가기로 했다. 유월 모의고사를 보던 그날로.

*

쌍둥이가 다니는 학교는 항만시의 평범한 공립고등학교였다. 성적에 목매는 학생들은 스무 명쯤 있었다. 내신이든 모의고사든, 시험 날에는 그런 학생들만 크게 긴장했다. 다른 학생들도 물론 신경은 썼지만, 매 시험을 일생일대의 사건처럼 받아들이지는 않았다. 학교 역시 상위 스무 명을 제외한 학생들에게는 별 관심이 없었다. 다정의 담임이 '제발 나만큼만 시험에 신경 좀 써달라'고 학생들에게 우스갯소리를 하기도 했으니까.

그래서 다정은 이런 광경은 처음 보았다. 이토록 고요하고, 비장하고, 살벌한 시험 현장이라니. 심지어 내신 시험이 아니라 실제 성적에는 반영도 되지 않는 모의고사였는데도.

의뢰인의 반 역시 조용했다. 모두 1교시 감독관을 기다리며 아침 자습을 하는 중이었다. 번호순으로 앉아 있었기에 두 민환을 한눈에 확인할 수 있었다. 의뢰인이 앞, 작은 민환이 뒤였다.

시험지 더미를 안고 들어오던 감독관이 다정을 보더니 얼른 들어가라고 말했다. 다정은 움직이는 척하다가 감독이 들어가자마자 다시 밖으로 나와 성새쥐를 창문에 대었다. 1교시 언어영역의 시험 시간은 백분이었다. 다정의 시간대와는 달리 듣기평가도 있었다. 다정은 성새쥐로 아이들 책상 위의 시험지를 훔쳐보며 답을 매기고, 그 답들을 차례대로 기억했다. 그러고는 두 민환의 OMR카드와 비교했다. 그러자 심증대로, 작은 민환의 답이 자신의 것과 더 가깝다는 사실을 확인할 수 있었다. 물론 자신의 답이 정답이 아닐 수도 있었지만 다정은 학교 시험에서 답을 모르겠는 문제를 본 적이 없었다(물론 다 푼 후 사람들을 속이기 위해 일부러 틀린 답안지를 냈지만). 그러므로 작은 민환이 일등이고, 의뢰인이 사십등일 거라는 유추가 아주 허황된 건 아니었다.

그렇다면 작은 민환이 의뢰인에게 대리 시험을 강요할 필요가 없었다. 성적이 더 우수하니까. 그런데 왜 그런 의혹을 받는다는 말인가. 대리 시험이라는 건, 덜 뛰어난 사람이 더 뛰어난 사람에게 의뢰하는 것이 아니던가. 그러니까 의뢰인이 작은 민환에게 강요한다면 모를까, 반대의 일은 일어날 수 없는 것이다.

백분이 모두 지나고 감독관이 모든 답안지를 걷어 갔다. 건성건성 넘기며 확인하던 감독관이 갑자기 멈추었다.

"김민환!"

두 민환이 일어섰다.

"너넨 자기 번호도 모르냐? 둘 다 6번이라고 마킹하면 어떡해? 누가 6번이야?"

의뢰인이 더듬거리며 말했다.

"어…… 저는 5번이에요."

"나와서 네 답안지 찾아서 다시 마킹해."

그러자 의뢰인은 입을 꾹 다물고 울 것 같은 표정을 지었다. 누가 봐도 억울한 사람처럼. 그러고는 주춤주춤 걸어 나가 두 답안지 중 하나를 골라 다시 마킹했다.

그런데 그 두 답안지 중 무엇이 정말로 의뢰인의 것인지는, 감독관도 모르는 거 아닌가? 다정의 머릿속이 어지러워졌다. 그렇다면 지금 의뢰인은 자신의 답안지를 찾은 걸까, 아니면 작은 민환의 답안지와 바꿔치기를 한 걸까?

도서실에서 작은 민환은 자기 성적만 잘 받으면 된다고 이야기했었다. 다정은 어둑한 밤에 보았던 괴롭힘의 현장을 반복해 떠올리기 시작했다.

의뢰인이 고친 답안지를 제출하고 감독관이 퇴장하자마자 학생들은 답을 맞히기 위해 슬금슬금 한쪽으로 몰려갔다. 의뢰인이 아니라, 작은 민환에게로. 다정의 유추가 맞아떨어지는 순간이었다. 작은 민환이 자신의 시험지를 순순히 학생들에게 내밀자 그들 중 하나가 작은 민환의 시험지를 들고 답을 쩌렁쩌렁 읽기 시작했다. 학생들은 그 답에 따라 자신의 시험지를 가채점했다.

그러나 분명, 실태조사를 하던 선생님은 의뢰인이 진짜 자기 성적을 되찾을 거라고 이야기하지 않았던가?

다정은 혼란스러웠다.

*

"제가 감독할 때 두 김민환이 자기 번호를 6번으로 마킹했어요."

"어머, 저도 봤어요."

"나 때도 그랬는데?"

선생님들은 놀라 수군거렸다.

"그럼 그때 성적을 바꿔치기한 건가?"

"그럴 수 있죠. 둘 다 6번으로 마킹한 다음에, 민환이가 가서 자기 거 말고 전학생 김민환 걸 5번으로 마킹한다면……."

"맙소사, 그럴 수가 있구나. 그럼 답안지가 뒤바뀌겠네요."

"그럼요, 얼마나 영악해요. 학번 마킹 실수는 그때그때 교실 안에서 바로 처리가 되고 밖으로 새어 나가지 않잖아요. 그걸 노렸다는 게……."

"그런데 그럴 거면 아예 처음부터 번호를 반대로 매기면 되잖아요? 왜 그렇게 복잡한 방법을 쓰죠?"

누군가 의문을 제기했지만 아무도 거기에 답하지 않고, 작은 민환에 대한 논평하기 시작했다.

"그런데 그 전학생도 공부를 꽤 하지 않아요? 수업 시간에 보면 똘망똘망하던데."

"모르죠, 그거야. 수업 때야 그냥 말만 잘해도 똑똑해 보이는 거고요. 걔 옛날에 다니던 학교에서 똥통으로 유명했잖아요. 그런 애들은 아예 받으면 안 됐던 건데."

"음, 아쉽네요. 그냥 훈방 조치 하면 안 되나? 그래도 바꿔치기 전 성적도 나쁘지는 않아요."

"애들이며 부모들이며, 가만있겠어요?"

다정은 교사들끼리의 대화를 엿듣고서는 몇 번이고 시험 현장을 오갔다. 의뢰인의 학교는 교육청 모의고사뿐 아니라 온갖 사설 모의고사까지 치르느라 한 달에 두 번씩 시험이 있었다. 중간고사와 기말고사 때도 살폈다. 주요 과목마다 의뢰인은 자신의 번호를 6번으로 마킹했다. 한두 번이야 실수라고 볼 수 있겠으나 여러 번 반복되자 고의로 볼 수밖에 없었다. 그러나 왜? 만약 의뢰인이 자신보다 더 시험을 잘 본 작은 민환의 답안지를 자신의 번호로 고쳐 냈다면 연속된 실수의 이유를 쉽게 파악할 수 있었을 것이다. 남의 성적을 자기 것으로 만들기 위해서였을 테니. 그러나 의뢰인은 자신의 답안지를 제대로 찾아 다시 마킹했다. 그러고는 작은 민환보다 낮은 등수에 머물렀다.

왜일까, 다정은 막막했다. 정신을 조금만 놓으면 졸음이 밀려왔다. 자야 할 시간에 자지 못하고 얼마나 시간을 보낸 건지 어느 순간부터 가늠되지 않았다. 그냥 포기할까 싶기도 했다. 아니면 다함을 불러올까도 싶었다. 다함이라면 타인의 이상한 심리를 바로 해석할 수 있을지 모르니까. 그러나 다함은 분명 자신과 다르게 수학여행의 밤을 만끽하고 있을 터였다. 그리고 무엇보다, 혼자 몰래 의뢰를 받은 걸 다함이 과연 용서할지도 알 수 없었다.

일단은 의뢰인 주장의 진위를 가리는 조사를 잠시 멈추고 생기부를 작성하는 시기로 가보자고 다정은 결정했다.

그리고 그곳에는 작은 민환이 없었다. 6번 김민환은 결번이었다. 의뢰인인 5번 김민환만이 남아 있었다. 다정은 성적이 걸려 있는 벽을 찾았다. 2학기 기말고사에서 의뢰인의 순위는 이십 등 정도로, 아주 최상위권은 아니었다.

다정은 의뢰인의 교실로 향했다. 학생들이 책상에 엎드려 무언가를 쓰고 있었다. 자세히 들여다보니 각자의 생기부였다. 생기부를 담임이 아니라 당사자인 학생들이 적고 있었다. 대부분은 무언가 빼곡하게 적힌 종이를 놓고 옮겨 적는 중이었다. 종이에는 비슷비슷한 이름의 컨설팅 업체의 마크가 새겨져 있었다.

의뢰인의 것에 성새쥐의 초점을 맞춰보았다.

한 급우의 괴롭힘으로 기존에 유지하던 최상위권에서 조금 하락한 성적으로 2학기를 마쳤으나, 급우들을 위해 가해자의 위협에도 가장 먼저 해당 사안을 학교에 신고함. 이후 조사 과정에서 급우 면담에 참여, 적극적으로 진상을 공개할 것을 설득하고 급우들을 보호하는 책임감과 정의감을 보임.

최상위권? 다정은 고개를 갸웃했다. 자신이 몇 번이나 시험 날을 오가며 본 의뢰인은 공부를 잘하기는 했으나 분명 '최상위권'은 아니었다. 책임감, 정의감도 의뢰인과 거리가 있는 단어였다.

그때 의뢰인이 자리에서 일어나더니 자신의 자료를 들고 복도 밖으로 나왔다. 그러자 누군가가 따라 나왔다. 둘은 함께 화장실 쪽으로 향했고 다정은 뒤를 밟았다.

"야, 너 생기부 스토리텔링 장난 아니다." 뒤따라온 안경 쓴 학생이 의뢰인의 자료를 들여다보더니 욕설 섞인 탄성을 내질렀다. "나는 어떡하냐?"

"내신 일등이 뭐라 씨부렁대시는 거죠?"

"그럼 뭐 하냐? 2학기 중간까지 김민환 그 새끼 때문에 계속 이등이었는데. 게다가 2등급도 하나 있어. 그럼 내신으로 의대 못 간다고."

안경 쓴 학생의 말에 의뢰인이 대답했다.

"그래서 치워줬잖아."

다정은 귀를 의심했다.

"그래, 그건 고맙지. 그 새끼 볼 때마다 화병 났던 애가 한둘이냐. 잡초 같은 새끼가 고고한 척하면서 애들 멘털이나 흔들고." 그러더니 목소리를 한 톤 높여 여자 음성을 흉

내 냈다. "너한테 들이는 돈이 얼만데! 학원도 안 다니는 애한테도 지고 말이야!"

의뢰인이 씩 웃으며 말했다. "너희 엄마 흉내 잘 낸다. 아니, 근데 어차피 그런 새끼는 대학 가서도 적응 못 하는데 그냥 자리 좀 비켜주지……."

"일단은 대학을 가는 게 중요하지, 인마. 참, 결국 1학기 성적 바꿔주는 건 안 된대?"

"어, 일단 마감된 성적은 절대 못 고친대. 그래도 컨설턴트가 그러던데, 그 밑에 담임이 추가로 사건에 대해 더 써주면 참작될 거라고."

"학교도 이상하네. 유연하게 좀 굴지. 와, 근데 아무리 생각해도 그 빌드업을 어떻게 만들었냐. 마킹 실수 반복해서 한 거. 그것 때문에 선생님들도 다 너 믿었잖아. 그거 아니었으면 의심 샀을걸."

"솔직히 그때마다 그 새끼 답안지에 내 번호 적고 싶었는데. 내 인내심이 널 살린 거다. 나한테 잘하라고."

의뢰인의 말에 둘은 한 사람처럼 낄낄대며 웃었다. 그러나 의뢰인이 곧 웃음을 멈추더니 말했다.

"너는 함부로 웃으면 안 되지. 감사합니다, 하고 절해야지. 우리가 남이냐? 어차피 너희 아빠도 우리 아빠 평생 봐야 하고. 우리도 아마 그럴 거고."

그러고는 안경 쓴 애의 어깨를 툭툭 치더니 말을 잇는
것이었다.

"염경혁 의원님이랑 그 자제분이랑, 나한테 아주 큰 빚
을 지신 거야."

*

다정은 주로 변치 않는 진리에 관심이 있었다. 사람들은
너무 쉽게 변했기에, 온전히 믿을 수도 마음을 줄 수도 없
었다. 다정은 주변에서 무슨 일이 일어나든 크게 신경 쓰지
않았다. 하나하나 신경 쓸 가치가 없다고 생각했다. 그래서
정치에도 사회에도 관심을 두지 않았다. 다만 어쩔 수 없는
호형 씨의 아들이라 아빠가 가장 기억하기 싫어하는 시대,
억울한 누명을 가장 많이 썼던 그 시대에 대해서만큼은 빠
삭했다.

염경혁.

그 이름은 잘 알았다. 호형 씨의 일생을 망가뜨리는 데
크게 일조한 사람. 국회의원을 거쳐 지금은 어느 주요 정당
의 대표인 사람. 그가 당대표로 선출되던 날 호형 씨는 술

을 아주 많이 마셨다.

안경 쓴 애는 그저 웃기만 했고 의뢰인은 자료를 골똘히 바라보다가 볼일을 보고 돌아갔다. 안경 쓴 애는 잠시 그 자리에 머물러서 씨발 새끼를 서른 번쯤 중얼거리며 꽤 오래 손을 씻었다.

그러고 보니 염경혁과 안경 쓴 애의 얼굴이 꼭 닮아 있었다. 염경혁의 근황이 어땠더라. 당대표 선출 이후에는 아예 알아보려 들지도 않았었는데. 다정은 필사적으로 머리를 굴렸다. 정치 같은 거 하나도 관심 없지만 그래도 염경혁이라는 이름에는 무감할 수 없으니까. 염경혁, 염경혁…….

다정은 간신히 한 기사의 헤드라인을 떠올렸다.

염경혁 서울시장 후보, 논란 딛고 저소득층 청소년과 '방긋

*

다정은 다시 현재로 돌아왔다. 눈을 잠깐 붙이려고 했으나 잠이 하나도 오지 않았다. 다른 친구의 충전기를 콘센트에서 몰래 뽑고 자신의 핸드폰을 충전하면서, 조금 고민하

다가 의뢰인에게 메시지를 보냈다.

'일단 2학년 당시를 조사했습니다. 그런데 정확히 뭐가 억울하시다는 거죠?'

그러자 의뢰인에게서 득달같이 전화가 왔다. 진동이 거세게 울리는 바람에 친구들을 깨울세라, 다정은 부랴부랴 방 밖으로 나가 복도 끝으로 향했다. 의뢰인의 목소리를 듣는 것은 처음이었다. 그전에는 내내 텍스트로만 소통했으니까.

다정은 그렇게 의뢰인과 세 시간을 통화했다.

의뢰인은 이듬해인 3학년 시절 자신의 아버지와 염경혁이 갈라섰다고 말했다. 아니, 정확히 말하자면 같은 정치인인 의뢰인의 아버지가 급격히 몰락하면서 염경혁이 그를 버렸다고 하는 게 맞을 것이다. 염경혁은 재빠르게 노선을 갈아탔다. 염경혁의 아들은 자신의 은인인(의뢰인은 그렇게 표현했다) 의뢰인을 버렸다. 의뢰인은 3학년 시절을 주눅 든 왕따 상태로 지냈다.

"그 새끼는 내가 김민환 안 치워줬으면 아버지한테 맨날 빠따로 맞을 새끼였다고요. 내 덕분에 살고 내 덕분에 서울대 간 건데, 새끼가 은혜도 모르고⋯⋯. 그러니까 그 새끼

인생을 망가뜨려달라고요.”

　“그럼 제가 뭘 해드려야 하는데요? 처음에 말씀드렸지만 저는 의뢰하신 분이 아닌 제삼자의 생기부는 건드리지 않습니다.”

　“아니, 그걸 보고도 안 건드린다고? 당신들한테는 정의라는 게 없어요?”

　정의? 다정은 순간 자신이 정의라는 단어의 뜻을 잘못 아는 건지 헷갈렸다.

　“걔 그렇게 서울대 졸업생 타이틀 달았죠? 이번에 제 아버지 서울시장 후보 나가니까 바로 옆에서 유세를 하는데, 내가 진짜 복장이 터져서 그래요. 내가 돈 더 얹어줄 테니까 어떻게든 그 새끼 구린 거 좀 터뜨려줘요.”

　“구린 거라면 김민환 씨를 몰아낸 걸 말씀하시는 건가요? 근데 그렇다면 그쪽은요? 의뢰인분이 주동자가 아니었습니까?”

　“아니, 내가 이용당한 거라고요!”

　다정은 눈을 감았다. 이 대화 어디에도 이유 모를 피해를 감내해야 했던 작은 민환의 존재는 없다는 사실이 가슴 아프게 와닿았다. 작은 민환은 그때 얼마나 힘들었을까. 지금은 어떻게 살고 있을까. 왜 그건 아무도 궁금해하지 않을까.

작은 민환이, 꼭 어린 호형 씨 같다는 생각이 들었다. 다정은 바짝바짝 말라가는 입술을 뗐다.

"하지 않겠습니다."

누군가에게 이토록 명확한 자기 입장을 전하는 건 난생처음이라 좀 두렵기도 했다. 의뢰인이 "뭐요?"라며 되물었다. 그러고는 격앙된 목소리로 말했다.

"당신들, 이 사업 내가 쑤시면 어떻게 될지 몰라? 너, 지금 내가 우습다 이거지? 내 아버지가 우습다 이거지? 내 아버지, 좀 있으면 재기하신다고. 그럼 너희 다 뒈지는 거야!"

마지막까지 아버지 타령이구나. 다정은 의뢰인의 엄포를 들으며 생각했다. 여기 휘말리면 저도 모르게 불효자가 되어버리는 것이라는 확신이 들었다. 염경혁과 한패였던 인간, 어쩌면 호형 씨의 비극에 수저 한 벌이라도 올려놓았을지 모르는 인간. 그 아버지가 뭐 그리 대단하다고 저리 유세인가. 그리고 피차 나쁜 사람들끼리 저리 힘 겨루기를 하고 또 음해하려 드는 것은 얼마나 우스운 일인가. 그러나 아무리 그런 말을 해봤자 의뢰인은 이해하지 못할 것이다. 이해하려고 하지도 않을 것이다. 너무도 오래 그리 살아온 사람이니. 그래서 다정은 결정했다. 눈에는 눈, 이에는 이라고.

106

다정은 침을 꿀꺽 삼켰다. 크게 목청을 틔워 당당하게 반말로 외쳤다.

"그러는 당신은 내 아버지가 누군지 알아? 내 아버지가 얼마나 대단한 사람인지 알고 지금 지껄이는 거야?"

다정의 생각대로 상대는 목이 꽉 막힌 듯 얼버무리는 소리만 내다가 전화를 끊었다. 다정은 방 쪽으로 다시 몸을 돌렸다.

어디선가 조금 열려 있던 방문이 쿵, 하고 닫혔다. 누군가 다정의 통화를 엿듣고 있었다.

*

혼자서도 잘 해낸다는 걸 스스로 증명하고 싶었는데. 다정은 다음 날 수학여행 코스에 질질 끌려다니며 내내 슬프고 비몽사몽인 상태로 지냈다. 고궁도 전쟁기념관도 청와대도 흥미롭지 않았다. 결국 역사에 남는 건 승자겠지. 승자의 역사에 큰 의미를 부여하는 것이 다 허무하게만 느껴졌다. 작은 민환 같은 사람들이 얼마나 많을까. 손 안 대고 코 푼 염경혁의 아들 같은 사람들은 또 얼마나 많을까. 그런 생각을 하다 보면 괜스레 눈이 시렸다.

저녁에는 강당에 모여 장기 자랑 시간을 가졌다. 학교에서 섭외한 축제 전문 진행자가 한껏 흥을 돋워주었다. 어딘가 모르게 어설픈 모습이었으나 모두가 크게 호응했다. 하지만 다정은 그럴 수가 없었다. 팔짱을 낀 채 입을 꾹 다물고 있었다. 그 모습이 신경을 건드린 모양인지, 진행자는 다정을 콕 집어 무대 위로 올라오도록 했다. 어안이 벙벙해진 다정이 올라가자 혼자 선비처럼 앉아 있는 친구 같았다며 학생들을 향해 질문했다. "이 친구는 어떤 친군가요?"

누군가 못마땅한 목소리로 대답했다. "수학 백 점!"

"오, 수학 백 점. 범생이구먼?" 진행자가 짐짓 놀라더니 그래도 현대는 융합 인재의 시대라며 지금부터 막춤을 추라고 요구했다. 학생들이 와르르 웃음을 터뜨렸다.

요란한 음악이 나오고 조명이 번쩍거렸다. 다정은 두 손을 늘어뜨린 채 어쩔 줄 모르고 서 있었다. 곧 음악은 꺼지고 학생들의 야유가 들려왔다. 진행자가 짜증 섞인 표정으로 다정을 응시했다. 조명이 너무 뜨거웠다. 다정의 목덜미에서 땀이 뚝뚝 떨어졌다.

그때 여자 반 쪽에서 웅성거리는 소리가 들리더니 박수 소리가 났다. 다함이 무대를 향해 걸어오고 있었다. 다함의 친구들이 "흑장미, 흑장미!"라고 외치며 발을 굴렀다.

네 번째 의뢰인
: 바보도, 남도 아닌

다정이 서울 출장을 계획하는 걸 빤히 알고 있던 다함은 다정이 보이지 않을 때마다 혀를 찼다. 한날한시에 태어난 데다가, 심지어 남녀 분반인 고등학교에 진학하기 전까지는 정말이지 하루 종일 같이 있으며 온갖 것을 연구하고 실험해보면서 발명품을 만드는 일에 함께 몰두했다. 그런데 어떻게 자신이 모를 거라고 여길 수 있는 건지 조금 우습기도 했다. 하지만 우스움보다 더 강한 감정은 놀랍게도 야속함이었다. 나를 못 믿는 건가. 같이 하자고 손 내밀어준다면 덥석 잡았을 텐데, 왜 숨겼을까. 다함은 다정이 자신을 무서워하리라는 상상은 하지 못했고(당연히 다정은 다함을 엄청 무서워했다. 그러나 원래 사람은 자아성찰에 가장 재능이 없는 법이다. 다함은 자신이 상냥하고 착한 누나라고 믿어 의심치 않았다), 자신의 능력을 다정이 영 믿지 않는 모양이라는 잘못된 결론에 도달했다.

그리고 화가 나서 충동적으로 자신 역시 서울 출장 의뢰를 받고 말았다.

다정과 달리 다함은 의뢰인을 직접 만났다. 학교에서 배부한 수학여행 계획표를 면밀히 분석하고 숙소에 대한 정보를 열심히 검색한 덕분이었다. 숙소에는 매점이 하나 있었는데 오후 일곱시면 문을 닫는다고 했다. 첫날 계획표를 보니 저녁 여덟시에 숙소에 입실하기로 되어 있었다. 근처 편의점에 반드시 가야 하는 이유를 댄다면 숙소 밖에서 의뢰인을 만날 수 있을 것 같았다. 다함은 의뢰인에게 인근 편의점을 미팅 장소로 제안하고 숙소에 입실한 뒤 로비로 향했다.

"선생님, 저 생리 터져서요. 생리대 좀 사 오면 안 돼요?"

다행히 숙소 로비는 남자 선생님이 지키고 있었다. 여자 선생님이었다면 여학생들이 얼마나 흔쾌히 생리대를 빌려주는지 알 것이다. 아니, 선생님이 빌려주겠다고 나설지도 모른다. 그러나 남자 선생님은 다함의 말을 듣고서는 쭈뼛거리며 길을 열어주었다.

의뢰인은 이미 편의점에 도착해 앉아 있었다. 맥주 한 캔과 과자 한 봉지가 텅 빈 채 의뢰인 앞에 놓여 있었다. 다함을 본 의뢰인은 미성년자인 줄 몰랐다고, 술 냄새가 날지도 모른다며 미안해했다. 그러면서도 과거의 일을 오랜만에 생각하자니 도저히 맨정신으로는 버티기 힘들었다고 말했다.

*

저는 사실 아직도 제가 무엇을 잘못했는지 모릅니다. 매일 그때의 꿈을 꿔요. 내가 어떻게 행동해야 했을까 스스로에게 물어요. 그런데 아직도 알지 못해요. 그 일은 제가 어떻게 행동하든 상관없이 일어났을 것 같아요. 일종의 운명 같은 거죠.

사실 그 당시에 태어난 게 운명이라면 운명이죠. 공론화할 수 있는 인터넷도 SNS도 제대로 마련되지 않은 시대였어요.

저는 제 생기부 내용이 바뀌는 건 딱히 바라지 않습니다. 이미 그런 내용에 영향받지 않고 저를 있는 그대로 바라봐주는 사람과 결혼도 했고, 좋아하는 일 하면서 생계를 유지할 정도로는 벌고 있어. 제가 학교 그만두고 나서 기술을 좀 많이 익혔거든요. 기술이 입시 공부보다 훨씬 재미있더라고요. 아마 그때 학교에서 쫓겨나지 않았더라면 평생 몰랐겠지요.

하지만 아이가 생기고 나니, 처음으로 묻고 싶어졌습니다. 제가 정확히 어떤 종류의 탄압을 받은 것인지에 대해서요. 그저 학생 한 명의 시기와 음해에서 비롯된 일이었을까요? 아니면 더 큰 배후가 있었을까요? 저는 지금 행복해서 괜찮아요. 하지만 아이가 살 세상이 그래서는 절대 안 된다고 생각합니다. 무슨 일이 있었는지 낱낱이 알고 싶어요. 그게 의뢰의 이유예요. 생기부는 하나도 안 바뀌어도 됩니다. 진상을 조사해서 저에게 알려주세요.

의뢰인은 종이에서 나온 흰 먼지를 잔뜩 붙이고 있었다. 다함은 재채기를 해댔지만 의뢰인은 멀쩡했다. 어디서 일하냐고 물으니 인쇄소에서 일한다고 했다. 책을 만든다고.

"책 쓰는 양반들은 책 만드는 사람이 어찌 사는지에 대해 얼마나 아는지 모르겠습니다만, 어쨌든 책을 만듭니다."

다함은 의뢰인에게 생기부 수정이 아니라면 가시적으로 어떤 결과를 원하는지 물었다.

"당시 내가 불행했던 이유를 알고 싶은 게 다예요. 사후 조치는 없어도 됩니다. 그냥 제발, 무슨 일이 있었는지만 알려주세요."

*

　첫 출장 현장에서, 다정의 정수리를 목격하자마자 다함은 이마를 짚을 수밖에 없었다.

　어떻게 이런 일이 생길 수 있지? 둘이서 따로따로 의뢰받은 건의 시간대와 공간대가 겹치다니.

　그러나 거기 신경 쓰다가는 귀중한 단서를 놓칠 수 있으므로 다함은 자신의 의뢰인에게 집중했다. 알 수 없는 이유로 갑자기 자신의 모든 성취를 잃었으나, 그걸 보상받을 생각은 없고 대체 무슨 일이 있었는지 명확히 알고만 싶다는 의뢰인에게.

　그러다 의뢰인이 다정의 의뢰인과 대척점에 있는 인물이라는 사실을 곧 파악했다. 다함은 깊게 고민하지 않으려 노력했다. 그저 의뢰인의 말이 진짜인지, 그에게 어떤 일이 있었는지 조사해서 의뢰인이 불행해야 했던 이유를 전해 줄 방법에 집중하려 했다.

　그러나 의뢰인이 학교에서 감내해야 했던 일들은 다함이 보기에 너무나 거대하고 두려운 것들이었다. 그가 억울한 일을 당하는 걸 볼 때마다 자꾸만 다정이 생각나는 게 다함은 특히 괴로웠다.

학교 근처에는 아주 커다랗고 번쩍거리는 아파트 단지가 많았다. 단지 앞에는 경비원이 서서 외부인의 출입을 막고 있었다. 의뢰인은 하교할 때마다 그곳을 빙글 돌아서는 그 뒤의 산으로 향했다. 산을 천천히 오르다 보면 중턱부터 슬슬 허름한 집들이 나타났다. 다함에게도 익숙한 구조의 낡은 주택들. 의뢰인의 집은 좁은 산길 끝에 있었다. 거기서 산 아래를 내려다보면 서울 시내가 다 보일 것만 같았다. 그 거대한 아파트 단지도, 학교도 아주 작게 보였다.

"다녀왔습니다"라고 말하며 의뢰인이 집에 들어섰다. 담장도 마당도 없는 집이었다. 신발장은 밖에 있었다. 다함은 작은 창에 성새쥐를 붙였다.

"오늘도 잘 다녀왔냐?"

"네."

"왜 이렇게 늦었어?"

하교하던 의뢰인을 같은 반 학생들이 잡아 괴롭혔기 때문이었으나 의뢰인은 거짓으로 말했다. "별이 예뻐서 좀 보다 왔어."

"아이고, 하늘에 널린 게 별인데. 친구들이랑 같이 봤냐?"

"네, 친구들이랑 같이 보면 다르잖아요."

"사내자식들끼리 별은 무슨. 학원 안 가고 너랑 별 볼 시간 있는 친구도 있냐?"

"다 학원에 가는 건 아니니까……."

"다행이네, 언제 한번 집에 초대해. 우리 집에서 보는 별이 제일 예쁘지. 그 온실 속 화초들이 뭘 알겠냐?"

다함이었더라면 뭣도 모르는 속 편한 소리 좀 하지 말라고 소리를 빽 질렀을지도 모른다. 가난은 하나도 낭만적이지 않다고. 그리고 당신 자식은 바로 그 가난 때문에 내내 학교에서 시달리다 왔다고. 그러나 의뢰인은 "알았어요"라고 대답할 뿐이었다. 자기 자식이 학교에서 따돌림을 당한다는 걸 의뢰인의 아버지는 모르는 게 분명했다. 아니면 모르는 척하거나.

'왜 하필 저쪽 집도 아빠 혼자인 거지, 자꾸 성다정 생각나게.'

다함은 속으로 투덜거리며 입을 삐쭉거렸다.

곧 의뢰인이 출출하다며 끓인 라면 냄새가 집 안에서 새어 나오기 시작했다. 다함의 뱃속에서 천둥소리가 났다.

분명 안 먹겠다고 하더니 어느새 자신의 냄비를 거의 차지해버린 아버지의 정수리를 보며 의뢰인은 라면을 한 가닥씩 넘겼다. 아버지는 총각김치를 우적우적 씹으며 물었다. "의원님 아드님은 잘 계시냐?"

"예."

"의원님이 너 일등 했다고 나한테 축하를 다 해주셨다니까. 아빠는 오히려 눈치 보고 있었는데."

"그래요?"

"응, 아드님이 집에 와서 펑펑 울길래 그러셨단다. 남자가 되어서 그런 것 때문에 울고 있느냐고. 아주 혼쭐을 내셨대."

다함은 속으로 최악이라고 생각했다. 남의 자식 치부를 알게 되었더라도 혼자 간직해야지 왜 급우인 자기 아들에게까지 이야기하는 건가?

"다른 사람이었으면 언짢은 티를 낼 법도 한데 의원님이 확실히 통이 크시지, 너그럽고."

"다 드셨으면 밥 말까요?"

"그래. 그리고 김민환 너, 그 아드님이랑 잘 지내고. 뭐 도울 거 있으면 적극적으로 돕고."

"사실 제가 도울 건 별로 없는데. 걔는 친구도 많고, 선생님들한테 예쁨도 많이 받아요."

"그래도 네가 공부는 더 잘하잖아! 어차피 같은 대학교 가면 또 평생 볼 친구 될 텐데."

그러더니 중얼거리는 것이었다.

"인마, 개천에서 난 용 되는 걸로는 부족해. 원래 있던 아들 용들이랑 미리 잘 지내야 한단 말이다. 시험 때 빼고는 다 맞춰주라고. 의원님 아들 말고 다른 애들한테도."

그 뒤로도 이어진 대화를 통해 다함은 확실히 알아차렸다. 의뢰인의 아버지는 눈치가 빵점이었다. 다른 동네 학교에 잘 다니고 있던 아들을 억지로 전학시켜놓고 두 가지 목표 모두 이루기를 원했다. 첫째, '아들 용들'과 친해질 것. 둘째, '아들 용들'을 공부로 이겨서 국회의원 운전기사로 살고 있는 자신의 구겨진 자존심을 세워줄 것.

끔찍한 아버지였다. 나라면 바로 가출이야, 하고 다함은 생각했다. 그러나 의뢰인은 아버지의 말이 익숙한 듯 자연스럽게 넘겼다. 아니, 자연스러운 것과는 좀 달랐다. 마치…… 말이 하나도 통하지 않는 사람과 평생을 사느라 아주 무기력해져 그 어떤 싸움도 하지 않는 것만 같았다.

무기력, 그게 딱 맞는 단어였다.

의뢰인은 미팅 때 자신이 고등학교 시절 공부를 아주 잘했다고 했다. 아주 잘했다는 게 어느 정도인지 명확하게 설명하지는 않았다.

"공부가 재미있거나 즐겁지는 않았어요. 그냥 그게 전부인 줄 알았으니까 억지로 했어요. 하라고 하니까. 저는 그 학교에서 쫓겨나면서 오히려 새로운 활로를 찾았어요. 그리고 확신해요. 그때 저를 음해했던 사람들이 한 명일지 다수일지 모르지만, 제가 지금 행복하다고 말하면 저를 죽일 듯 미워할 거라는 사실을요. 저의 행복을 절대 바라지 않을 거예요."

의뢰인과 동명이인인 5번 김민환. 의뢰인이 당시 사건과 관련하여 자신이 아는 한 유일한 관련자라고 지목한 사람이었다. 다함은 그를 '큰 민환'이라 부르기로 하고 의뢰인보다는 오히려 큰 민환의 뒤를 쫓아다녔다. 그리고 학교에서보다 학교 밖에서의 행적을 따라다녔다. 이유는 간단했다. 학교 안에서는 다정이 계속 큰 민환을 주시하고 있었기 때문이다. 그러나 간이 콩알만 한 다정은 다함과는 다르게 학교 밖으로는 잘 벗어나지 않았다.

큰 민환은 걷거나 대중교통을 이용해서 하교하지 않았다. 교문 앞에 대기하고 있는 차를 탔다. 의뢰인을 괴롭히는 날에도 마찬가지였다. 차는 아무것도 모르는 것처럼 교문 앞에 우두커니 서 있었다.

큰 민환에게 감사 인사를 올려야 할 이유는, 우습게도

일 킬로미터도 되지 않는 거리를 굳이 기사 딸린 외제차로 다니는 그 허영심에 있었다. 미행이 쉬웠기 때문이다. 가끔 신호등에 척척 걸릴 때면 다함이 발로 이동하는 게 더 빠르기도 했다. 차가 아니라 걸어 다녔다면 오히려 뒤를 밟는 게 힘들었을 것이다.

큰 민환은 하교 후 여러 과외를 받았다. 단독으로 받을 때가 많았으나 그룹 과외도 하나 있었는데, 그룹 과외는 놀랍게도 학교 독서실에서 진행되었다. 학생들이 모두 하교한 후에, 심지어 당일 야자 감독인 선생님이 직접 와서 자리를 정돈하고 간식을 세팅해주기까지 했다.

그 그룹 과외에 참여하는 학생 중 가장 목소리가 크고 분위기를 주도하는 이가 염후영이란 아이였다. 후영이 입을 열 때마다 다함은 얼굴을 잔뜩 찌푸릴 수밖에 없었다. '좋은 집안 출신 악역'의 전형에 딱 걸맞은 인물이라는 생각이 들어서였다.

큰 민환은 염후영과 가장 친해 보였다. 누가 우위에 있는지는 파악이 조금 힘들었다. 분명 염후영이 분위기를 주도하고 그 자리에 있는 학생 중 부모님의 권력이 가장 세다는 것도 티 나기는 했는데, 큰 민환은 자꾸만 자신 없이는 아무것도 아닌 존재라는 식으로 염후영을 대했다. "넌 인마, 나 없으면 아무것도 안 되는 새끼잖아"라고 큰 민환이 말할 때 염후영은 놀랍게도 웃기만 했다. 물론, 집에 가서는 욕지거리를 뱉으며 물건을 있는 대로 집어던졌지만(다함은 염후영의 집 앞까지도 쉽게 따라갈 수 있었다. 염후영 역시 그 짧은 거리를 차로 이동했기 때문이다).

그러니 염후영과 큰 민환은 친구가 아니었다. 무언가 더 심오하고 기형적인 역학 관계가 작동하고 있는 게 분명했다. 다함은 그런 심증을 가지자마자 수없이 시간대를 이동하며 이상한 점이 없는지 찾았다. 그러다 우연히 염 의원이 누군가와 대화하는 걸 엿들었다.

"괜찮은 계획이네, 후영이가 연루되었다는 낌새가 하나도 없네요. 우리 후영이랑은 절대 엮이지 않도록 해요. 애가 아예 아무것도 모르게끔 만들어요. 아버지가 성적 조작해서 일등 됐다고 하면 그게 무슨 힘 빠지는 일입니까. 우리 애한테는 절대 알리지 말아요."

"네, 명심하겠습니다. 근데 의원님, 저희 민환이는 이상한 사람 되면 안 되잖아요. 잘 막아주실 거죠?"

"그것도 제가 잘 조정하겠습니다. 어쨌든 관건은 딱 하나예요. 우리 아이가 이걸 전혀 모르게 하는 것. 모르는 상태로 다시 일등이 되는 것. 그거면 됩니다."

"잘할 수 있어요. 근데 의원님, 뭐 하나 여쭤봐도 되겠습니까?"

"하나만요."

"일등이 그렇게 중요합니까? 어차피 의원님 아드님은 이 학군에서도 탑인데요. 굳이 일등을 해야 하는 이유가 있습니까?"

그러자 염의원이 대답했다.

"두 가지 이유가 있지요. 첫째, 개천에서 용이 진짜로 나오면 우리 애들이 너무 힘듭니다. 그 자괴감을 어떻게 감당하시겠어요? 애들 정서를 위해서라도 안 됩니다. 개천 용이라는 건 옛말에 불과해야 한다고요. 아래에서 치고 올라오는 건 싹을 잘라버려야 하지요. 그리고 둘째, 당연히 일등이라는 단어의 위대함 때문이죠. 일등 말고는 아무도 기억하지 않습니다. 내 아이가 일등이 되지 않아도 좋아요. 다만 다른 애가 일등이 되는 건 죽어도 싫습니다. 그런 이유에서예요."

내 아이가 일등이 되지 않아도 좋지만 다른 애가 일등이 되면 안 된다니, 대체 이렇게나 모순적인 말이 또 있을까. 엿듣던 다함은 화가 나서 숨을 몰아쉬었다.

"한번 잘 조져보겠습니다."

"실장님만 믿겠습니다. 난 정말이지, 운전기사 하나 잘 못 뽑은 게 이 정도 후폭풍을 불러일으킬지는 꿈에도 몰랐어요."

"기어오르나요?"

"예의 바른 척하면서 대가리 굴리는 게 다 보입니다. 언젠가는 저랑 맞먹을 수 있다고 생각하는 것 같아요. 씨발, 웃겨서 정말. 운전기사 되고 나서 몇 번 저한테 입시에 대해서 물어보더라고요. 그러더니 바로 아들을 전학시켰죠. 내신 일등 먹고서는 살살 긁어대는데 아주 돌아버리는 줄 알았습니다. 얼굴 보면 바로 답 나오죠, 자기 아들 대단하다고 생각하는 거."

"제가 잘 바로잡겠습니다, 걱정 마세요."

바로잡는다는 게 뭘까.

다함은 사실 지금껏 호형 씨의 튀지 않게 살자는 주의에 대해 크게 불만을 가지지 않았다. 성적 잘 받는 것도 물론 뿌듯하지만, 그러면 확실히 다른 친구들이 미워하고 시기하니까 성가셨다. 사람 좋아하는 다함은 공부에 관심 없는데 적당히 똑똑하고 노는 거 좋아하는 이미지를 잘 유지했다. 그리고 그게 호형 씨와 함께 행복하게 살기 위한 조건

이라고 여겼다.

그런데 호형 씨는 사실 바로잡힌 사람이었다. 바로잡혔기 때문에 쌍둥이에게 욕망을 누를 것을 강요했던 것이다.

내심 알고 있던 사실을 다시 한번 확인하니 더 가슴 아팠다.

*

다시 수학여행 장기 자랑의 현장.

다함에게 춤이야 쉬웠다. 신나게 팔다리를 휘저으니 수군대던 학생들이 곧 꺅꺅 소리를 내며 박수를 쳐댔다. 분위기가 좋아지자 한시름 놓은 듯 진행자도 신나게 흥을 돋웠다.

이쯤 되었다 싶어 다함이 춤을 멈추자 진행자가 물었다.

"자, 이렇게 멋진 흑장미가 나와주었는데 두 사람 어떤 사이인지 묻지 않을 수 없겠죠? 혹시 커플? 아니면 짝사랑?"

말도 안 되는 단어들이 나올 때마다 학생들은 더 흥분해서 발을 굴렀다. 다정과 다함이 쌍둥이인 걸 모르는 애들은 없었으니까. 먹고사니즘을 위해 노력하고 있는 진행자 빼고는.

다함이 옆에 엉거주춤 서 있는 다정을 끌어당겨 어깨동무하자 학생들이 더 크게 소리를 질러댔다. 진행자도 감탄하더니 다함을 보고 상여자라며 호들갑을 떨었다. 그러고는 하고 싶은 말을 해보라며 마이크를 다함에게 넘겼다.

다함은 마이크에 입을 댔다. 사람들 앞에서 이런 식의 발언 기회를 가진 건 처음이었다. 그동안 학생들 사이에서는 튀지 않는 애, 무던한 애, 반 분위기 좋게 만드는 개그맨 같은 애로, 교사들에게는 골치 썩이지 않는 애, 신경 안 써도 되는 애 그리고 너무 둥글어 기억에 남지 않는 애로 살아왔으니까.

다함이 무대에 자진해서 올라온 이유는 딱 하나, 다정 때문이었다.

다함은 출장 간 시간대에서도 다정을 내내 주시했다. 처음에는 우스운 마음 반, 걱정되는 마음 반이었다. 아직도 어린애 같기만 한 쌍둥이 동생이 서울에서 혼자 출장을 간다는 사실 때문에. 길이라도 잃으면 어떡하지? 돈이라도 떨어지면? 쟤는 소심해서 행인에게 뭘 물어보거나 도움을 요청하는 것도 못 할 텐데, 하고 걱정했다.

그러나 지켜보면 볼수록 다른 방향으로의 걱정이 커지

기 시작했다. 다정이 의뢰인에게서 받았을 상처 때문이었다. 신문이나 방송 혹은 호형 씨의 입에서 나오는 일그러진 세상의 모습을 간접적으로 경험하는 것과 직접 체험하는 것은 너무나 다르니까. 다함은 자신이 남동생보다 훨씬 어른스럽고 세상에 대해 아는 것도 많다고 여겼다. 다정은 확실히 순진한 샌님 같은 면이 있다고도 생각했다. 세상 사람 대부분은 여전히 선하다고 믿고, 자신이 진심을 다한다면 일이 잘 풀릴 거라 착각하는 게 우습다고 생각했다.

　다함은 다정이 현재 시점으로 돌아오자마자 뒤를 쫓았다. 그리고 숙소 복도에서 자기 의뢰인과 세 시간 동안 통화하는 걸 우연히 듣게 되었다. 다정의 격앙된 목소리를 들으며 다함은 전전긍긍했다. 평소에는 농반진반으로 '우리 남동생은 언제 철드나' 하고 놀려대거나 대책 없는 순수함을 답답해할 때도 있었는데, 정작 다정이 혼란스러워하는 장면을 마주하자 비로소 다함은 그런 다정 덕에 자신도 무기력해지지 않고 살아왔다는 사실을 깨달았다. 만약 다정이 자신처럼 시니컬해진다면, 처음 보는 사람의 진의를 의심하게 된다면, 세상은 다 그렇게 더러운 거라고 말하며 콧방귀나 뀐다면, 다함은 지금 이 상황을 정말로 견딜 수 없게 될지도 몰랐다. 누워 있는 아빠의 회복은 요원하고 쌍둥이는 자신의 능력을 맘껏 보이지도 못한 채 생활비며 병원비를 벌어야 하는 이 상황을.

다함은 진행자 앞에서 외쳤다.

"이놈은 제 새끼입니다!"

와르르 웃는 소리가 났다. 다함은 이어 더 크게 말했다.

"내 새끼 괴롭히는 놈 있으면 가만 안 둔다!"

남자반 쪽에서 누군가 휘파람을 불었다. 다정이 다함의 어깨동무에서 벗어나려 버둥대고 있었다. 다함은 팔에 힘을 주고는 나지막이 속삭였다.

"너, 다음부터 혼자 출장 가기만 해봐."

"아, 알고 있었어?"

"일단 앞에 봐. 이따 얘기해."

그러고는 진행자의 너스레에 다함은 또 환히 웃었다.

피할 수 있는 방법

　다함의 의뢰인이었던 민환 씨는 다함에게서 모든 진상을 보고받고 나서 항만시에 직접 들렀다. 임신한 아내의 배가 부르기 전 여행 겸 왔다고 했다. 조용한 곳에서 바다도 보고 맛있는 것도 먹을 거라고 했다. 쌍둥이는 현지인 팁을 주고 싶었으나 겨우 고등학생이라 어른들이 갈 만한 항만시 맛집은 잘 몰랐다. 그러나 정작 민환 씨가 물어본 것은 분식이 가장 맛있는 피시방의 위치와 장서가 가장 많은 도서관의 이름이었다. 둘 다 쌍둥이가 모를 수 없는 정보였다. 전자는 다함이, 후자는 다정이 잘 알았다.

　민환 씨는 자신의 퇴학이 어떤 식으로 이루어졌는지 듣고 나서, 뜻밖에도 웃음을 지었다. 쌍둥이는 놀라서 그를 바라보았다. 민환 씨의 옆에 앉은 아내도 웃고 있어서 더 놀랐다.

"불쌍한 사람들." 민환 씨는 말했다. "그 작은 학교에서도 그렇게 더러운 수를 써야만 행복할 수 있는 사람들이라면, 세상 어디서도 진심으로 행복할 수 없을 텐데."

화가 나진 않느냐고 다함이 묻자 민환 씨는 당연히 화가 난다고 대답했다. 그러나 그 화가 자기 기분을 좀먹고 삶을 가로막는 것은 원하지 않는다고.

"말씀드렸듯 저는 지금의 삶이 좋고 또 지금 하는 일이 적성에 딱 맞는다고 여겨서요. 집에서 시켜서 입시 공부만 하던 옛날에는 꿈에도 몰랐는데, 제가 반복적인 육체 활동을 굉장히 좋아하더라고요. 공부할 때는 매일 우울하고 머리며 허리며 다 아팠는데 지금은 엄청 건강해요. 인쇄소 일이 즐거워요."

"그 사람들에 대한 분노는요? 지금 완전 잘나가잖아요. 그 염후영 아빠, 염경혁, 당대표요."

"그런 분노야 있죠. 나에게 한 일에 대한 분노가 아니라 나 같은 피해자를 또 만들어낼 것에 대한 분노가 있어요. 어린 고등학생도 그렇게 깔아뭉갰는데 어른에게는 얼마나 심할까."

"우리 아빠도 마찬가지예요." 다정이 갑자기 끼어들었

다. "그 사람한테 우리 아빠도 피해를 입었어요."

가벼운 미팅으로 끝내려 했던 다함이 애써 수습하려 했지만 이미 늦었다. 민환 씨가 놀라 두 눈을 동그랗게 뜨고 있었다.

*

호형 씨에게는 증거가 있었다. 그러나 아무리 명백한 증거를 갖다 들이밀어도 소용없었다. 없던 일로 하기로 모두가 합의했다면 피해자는 망상증 환자 아니면 불순분자로 낙인찍혔다. 그리고 가해자들은 무엇보다 피해자끼리 서로를 알지 못하도록 분리하는 데 집중했다. 그러면 백 개의 서로 다른 삶을 엉망으로 만들어도 추적당할 염려가 없었다. 그 백 명을 모두 환자로 만들면 되니까. 이 각박한 현대 사회에 적응하지 못한 개개인으로 명명하면 되니까.

민환 씨와 호형 씨에게 그랬던 것처럼.

그렇게 피해자들은 잊혔다. 그리고 아마 염경혁과 같은 이들은 전혀 모를 것이다. 서로 다른 시간대와 장소에서 자신들에 의해 상처 입은 두 개인이 미래의 어딘가에서 접할 수 있으리라고는. 그걸 가능케 한 것은 순전히 쌍둥이의 기술이었다.

"이런 범죄행위라니, 말도 안 돼요." 민환 씨는 호형 씨가 모아놓은 증거들을 보고 손을 떨었다. "이건 정말 강력한 증거예요. 그런데 왜 이 증거가 통하지 않았던 거죠?"

"아무도 신경 쓰지 않았으니까요."

쌍둥이는 동시에 대답했고, 민환 씨는 두 손에 얼굴을 묻었다. 그리고 다함은 조금 미안해졌다. 이 순간이 민환 씨에게 그저 즐거운 항만시 여행이었으면 좋았을 텐데. 아니면 당사자성이 없는 견학과 같은 경험이었다면. 흔히 사람들은 다 그러지 않는가. 남의 사연에 잠깐 눈물짓고서는 금세 눈앞의 환희를 만끽하지 않는가.

"결국 악한 사람은 한 번으로 끝내지 않는군요."

다함이 말했다.

"어쩌면 우리 아빠가 그때 아무 항의도 못 하고 넘어가지 않았더라면 민환 씨는 괜찮았을지도 몰라요. 우리 아빠 사건이 십년은 먼저니까요."

다정은 아무 말도 더하지 못했다.

민환 씨는 호형 씨를 보러 가고 싶다고 했다. 아직 의식을 찾지 못했다고 대답하자 그래도 괜찮다고 했다. 혹시 어쩌면 청각은 깨어 있어서 다 듣고 있을지도 모른다고.

쌍둥이와 민환 씨 부부는 민환 씨 차를 타고 병원으로 향했다. 다함은 간병인에게 전화를 걸면서 괜스레 죄의식이 들었다. 생기부 수정 사업을 시작하기 전에는 학교가 끝나자마자 병원으로 달려가 아빠를 직접 돌봤는데, 돈 몇 푼 벌었다고 간병인을 두고 이틀에 한 번 정도나 얼굴을 비추는 게 다였다.

다정은 여전히 말이 없었다. 빵집에 들른 민환 씨가 간병인과 함께 나눠 먹을 간식을 샀을 때나 꾸벅 목례만 했을 뿐이다.

"아빠, 우리 왔어."

다함이 말하면서 괜히 이불깃을 만지작거렸다. 옆에서 간병인이 오늘은 그래도 얼굴이 참 좋아 보이신다고 말했다. 매일 보다 보면 얼굴색이 시시각각 변하는데 지금은 아주 밝다고. 자식도 둘 다 오고 손님도 와서 기분이 좋으신가 보다, 하고 덧붙였다.

"안녕하세요, 선생님." 민환 씨가 말했다. "선생님, 제가 자제분들한테 아주 큰 도움을 받아서 감사 인사를 하러 왔습니다."

순간 다함은 민환 씨가 쌍둥이의 사업에 대해 말하려는

줄 알고 바짝 긴장했다. 비록 아빠가 눈도 못 뜨고 있지만 다 들릴지도 모르니까. 그러나 민환 씨는 그렇게 생각 없는 사람이 아니었다.

"제가 살면서 가장 이해하지 못했던 억울한 일이 있었거든요. 저는 그 일이 생기기 전까지는 세상 모든 게 다 해석 가능하다고 오만하게 생각했어요. 저만 떳떳하다면 언젠가는 매사가 공평하게 풀리리라 생각했고요. 그런데 그러지 않는다는 걸 처음 알고 나서는 견딜 수가 없었어요. 말로는 괜찮다고 했지만, 실제로 그 일 덕에 새로운 적성을 찾고 또 제 아내도 만났지만, 그래도 세상 어딘가 제가 절대 풀지 못한 방정식이 남아 있다는 게 괴로웠어요."

민환 씨는 아내의 손등에 손을 덮었다.

"그런데 자제분들이 가르쳐주셨어요. 그건 제가 풀지 못한 게 아니라고. 애초에 제대로 된 방정식이 아니었던 거라고. 문제를 맞닥뜨리면 보통 그걸 풀고자 하지만, 사실 그 전에 문제를 제대로 검토하는 것도 중요하더라고요. 이게 풀 수 있는 문제인가 아니면 애당초 잘못된 문제인가. 문제를 푸는 것보다 문제의 오류를 찾아내는 게 훨씬 어렵고 또 세상을 위하는 일이라는 생각이 들었어요. 자제분들 보면서요."

누가 들을까 봐 다함이 아주 낮은 목소리로 조용히 속삭였다. "아빠, 이분도 아빠처럼 염경혁 때문에 피해를 보셨대. 지금까지 아빠랑 비슷한 일을 겪은 사람을 한 명도 못 봤잖아. 그래서 아빠가 어떤 일을 당했는지 말할 기회도 없었고. 그때 같이 당한 사람들도 결국 아빠를 다 배신했는데, 여기 이분은 아빠와 같아. 아빠를 이해하고 우리를 이해해주셔. 왜 이렇게 멍청하게 사는지 다 설명해주실 수 있을 거야."

다정은 깜짝 놀라 다함을 바라보았다. 다함은 한 번도 능력을 숨긴 채 사는 것에 대해 불평한 적이 없었다. 억울해하는 것은 언제나 자신뿐이라고 생각했다.

호형 씨는 여전히 미동도 없었다. 쌍둥이는 간병인을 먼저 퇴근시킨 후 아빠의 몸에 욕창이 생기지 않도록 이리저리 움직이고 또 구석구석 꼼꼼하게 닦았다. 민환 씨가 도와주었다. 민환 씨의 아내는 사 온 간식을 같은 병실의 환자와 보호자들에게 나누어주었다.

창가의 호형 씨로부터 대각선 방향으로 가장 멀리 떨어진 복도 쪽 침대에 할아버지 한 분이 누워 있었다. 경미한 치매 증세를 보이는 환자였다. 서랍에 영어로 된 책을 넣어놓고 가끔 꺼내서 큰 소리로 읽곤 했는데, 자기 이름도 기

억하지 못하고 다른 이름을 중얼거렸다. 어디 교수였다고
하도 잘난 척하는 통에 환자들 사이에서도 유명했다. 서울
의 큰 병원도 아니고 항만시의 조그만 병원에 갇혀 찾아오
는 자식 하나 없는데 무슨, 하고 뒤에서 비웃는 사람도 많
았다. 그러나 쌍둥이는 그 할아버지가 영어 원서의 내용을
제대로 읽고 있다는 사실을 알았다. 누군가에게 삶을 살아
나가야만 하는 이유를 철학적으로 강의한 내용의 녹취록
이었다. 치매인데도 영어를 다 기억한다니 신기할 노릇이
었다. 책의 내용 역시 아주 훌륭했다. 쌍둥이는 호형 씨의
의식이 깨어 있기를, 그래서 그 할아버지가 말하는 것을 듣
고 힘을 내기를 남몰래 기도하기도 했다.

할아버지가 이쪽을 물끄러미 바라보고 있다는 사실을
가장 먼저 알아차린 것은 같은 병실 사람들이었다. 하루 종
일 녹음기처럼 줄줄 읊던 영어 구연이 뚝 끊겼기 때문이다.
놀란 사람들의 동요에 민환 씨의 아내가 두리번거리더니
할아버지와 눈이 마주쳤다. 할아버지가 손짓했다. 쌍둥이
는 모르는 척하려는데 관형 씨의 아내가 빙그레 미소를 지
으며 할아버지 쪽으로 걸어가 보조 의자에 앉았다.

"예, 어르신. 부르셨어요?"

"내, 내가……."

"예, 어르신."

"내가 아주 공부를 많이 했어요. 내가 미국 유학도 다녀오고, 교수도 하고…….."

"대단하셔요, 어르신."

"내가 정말로, 세상 최고였다고. 최고였단 말이야. 내가 지금 백두 살이거든? 그땐 나처럼 똑똑한 사람이 한국 땅에 하나도 없었어."

그러자 갑자기 병실 사람들이 끼어들어 비꼬는 말들을 던졌다.

"그놈의 백두 살. 나이는 절대 안 까먹어요."

"그래서 백두산 할아버지잖아."

"아이고, 백두산 할아버지! 그 정도 사셨으면 이제 욕심 그만 부리고 가실 때도 됐어요."

그 잔인한 말을 듣지 못한 건지 할아버지는 대꾸하지 않고 말을 이었다.

"그런데 늙었다고 여기 처박혀서는 금치산자 취급을 받잖아. 난 멀쩡한데! 티브이 나오는 인간들 백만 명보다 내가 훨씬 똑똑한데!"

"저기, 민환 아저씨. 아내분, 이쪽으로 다시 모셔 와야 할 것 같아요." 다함은 민환 씨에게 속삭였다. "저 할아버지 한

번 신세 한탄 시작하면 끝도 없어요. 완전 악명 높단 말이
에요. 얼른 이야기 마무리하고 오셔야 할 것 같은데…….”

그러나 민환 씨의 아내는 아예 할아버지 쪽으로 몸을 더
기울였다. 그리고 곧 놀란 표정으로 벌떡 일어섰다.

다섯 번째 의뢰인
: 어느 실패

"그 할아버지가 염경혁이라는 이름을 주워듣고 헛소리할 가능성은? 치매 환자잖아."

"진짜 치매인지 아닌지 우리가 어떻게 알아. 따지고 보면 그 새끼들도 아빠를 망상증 환자 취급했어. 사람이 그렇게 많이 다쳤는데도 자해했다고 결론 내렸잖아."

"그래도 그렇지 이 의뢰는 너무 위험하다고……."

"우리도 결과를 장담할 수 없고. 하지만 이렇게 생각해봐. 아빠가 누워 있는 지금보다 더 심각한 상황이 있을까?"

다정은 반박할 수 없었다. 왠지 모르겠지만 눈물이 방울방울 흘러내리고 있었다. 손등으로 뺨을 문질렀다. 다시금 내가 왜 수학 시험 백 점을 맞았지, 하는 후회가 들었다.

"너 수학 백 점 맞은 거 후회하고 있지?"

다함의 말에 놀라 펄쩍 뛰고 말았지만.

쌍둥이와 민환 씨 부부 그리고 백두산 할아버지는 함께 병원 구내 카페에 앉아 있었다. 할아버지는 멀쩡해 보였지만 이미 쌍화차를 다섯 잔째 마시는 중이었다. 화장실도 세 번이나 다녀왔다.

다섯 번째 의뢰인은 바로 그 백두산 할아버지였다. 본인의 생기부가 아니라면 절대 의뢰를 받지 않는다는 쌍둥이의 원칙이 있었으나 백두산 할아버지는 자기 직계자손의 생기부라면 문제 될 것이 없지 않느냐고 물었다.

"당연히 문제 되죠!" 쌍둥이가 입을 모아 외쳤다. '내가 모르는 사이 부모나 다른 가족에 의해 내 생기부가 조작된다면?' 상상하니 끔찍하기 이를 데가 없었다.

그러나 남의 말을 차분히 듣는 능력이 뛰어난 민환 씨의 아내가 쌍둥이에게 전해주었다. 백두산 할아버지가 불분명한 발음과 허우적거리는 정신 속에서 주장하는 바를.

"염경혁의 친아버지가 본디 항만시 출신인 것은 맞아요. 염경혁이 당대표가 될 때 처음 밝혀진 사실이었어요. 왜냐하면 후보자에게 늘 그래왔듯 미디어에서 염경혁 가족에 관해 많이 캐물었거든요. 염경혁이 그랬죠, 아버지는 항만시 출신이자 서울로 보내진 양자였다고. 그 서사로 여론의 주목을 더 끌기도 했고요. 아버지 때문에 힘들었지만 올곧게 큰 자식 서사. 백두산 할아버지가 지금 정말로 백두 살이라 치고, 스물두 살에 아들을 낳았다고 가정하면 약 팔십 년 전이죠. 1950년대, 그 시대에는 그렇게 자식을 양자로 보내고 또 친척의 아이를 양자로 들이는 일이 잦았어요."

그러니까 백두산 할아버지는 자신이 양자로 보낸 아들이 염경혁을 낳았다고 주장하고 있는 거였다. 생물학적 손자라고.

다함이 말했다.

"치매 걸린 할아버지예요. 경미하다고는 해도 솔직히 믿을 수 없어요. 그리고 말씀하셨듯 당시에 자식을 양자로 보내는 일이 잦았던 건 알아요. 하지만 그건 가난한 집 얘기 아니에요? 그 할아버지는 본인이 교수였다고 주장하잖아요. 유학도 다녀오고 외국에서 생활했다고 한다고요. 그 말이 다 사실이라면 그런 사람이 왜 멀쩡한 자식을 다른 집에 양자로 보내는데요? 말도 안 돼요."

다정은 턱을 호두 모양으로 만든 채 앉아 있었다. 민환 씨는 무언가를 곰곰이 생각하는 눈치였다. 민환 씨 아내는 백두산 할아버지에게서 왜 아이를 양자로 보냈는지까지는 듣지 못했다고 했다. 그 대목에만 이르면 백두산 할아버지가 입을 꾹 다물고 더는 속내를 털어놓지 않는다고.

아무래도 이 의뢰는 아닌 것 같다고 쌍둥이는 결론을 내렸다. 서둘러 민환 씨 부부를 주차장까지 배웅하고는 소중한 여행 시간을 너무 많이 빼앗아 죄송하다고 사과했다. 부부는 손을 내저었다.

"내가 오고 싶어서 온 거잖아요."

민환 씨가 말하며 쌍둥이를 꼭 안아주었다. 그러고는 깜빡했다면서 차 트렁크를 열고 무언가를 꺼내 쌍둥이에게 각각 나눠주었다. 아직 종이 가루가 다 떨어지지도 않은 수첩과 만년필 세트였다.

"내가 따로 줄 건 없고 인쇄소 일을 하니까 수첩을 직접 만들어주고 싶었어요. 진짜 좋은 종이로 만든 거예요. 종이 잘 아는 사람들이 보면 이걸 선물로 줬다는 사실에 놀라 기절할걸요?"

시종일관 겸손하던 민환 씨가 이렇게 자신 있게 말하니 왠지 웃음이 나왔다. "물론 만년필은 가성비로 산 거지만"이라는 끝맺음도 민환 씨다웠다.

두 사람은 항만시 인근 바닷가에서 하루 더 머물 예정이라며 떠났다. 쌍둥이는 차의 뒤꽁무니가 완전히 사라질 때까지 손을 흔들었다. 그러고는 천천히 병실로 돌아갔다.

그런데 아빠가 병실에 없었다.

호형 씨가 갑자기 입에 거품을 물며 호흡곤란을 일으켜 급하게 중환자실로 이동했다고, 옆 침대 간병인이 남매를 보자마자 손을 꽉 붙들고 말해주었다. "그러게 왜 간병인을 일찍 퇴근시켰어요. 누군가는 항상 있어야지요. 정말 큰일 날 뻔했다고요. 저 할아버지 아니었으면 아무도 몰랐을 거예요. 할아버지가 소리 지르지 않았으면 정말 아무도……." 그렇게 말하며 그는 손으로 백두산 할아버지를 가리켰다.

쌍둥이는 정신없이 중환자실을 향해 달려갔다.

*

"이 의뢰를 맡아야 할 이유. 첫째, 중환자실 비용이 필요하다."

"굳이 이 의뢰여야 할 필요는 없잖아."

다함의 말에 다정이 손가락을 하나 더 꼽으며 말했다.

"둘째, 백두산 할아버지에게 은혜를 갚아야 한다."

다함이 고개를 푹 숙였다. 다함이 무엇을 무서워하는지

다정은 알고 있었다.

타임머신을 고안했던 초기, 역사를 좋아하는 다함은 간도 크게 온갖 역사적 질곡의 순간을 직접 경험하러 다녔다. 다정의 걱정은 신경 쓰지 않았다. 하지만 최루탄 냄새를 아주 많이 묻히고 돌아온 어느 날, 다함은 악몽을 꾸며 내내 소리를 질렀다. 그 뒤로 다시는 역사적 현장을 보러 가지 않았다.

그러나 다정은 다함과 함께 가고 싶었다. 아니, 함께 가야 했다. 이 의뢰를 실행하는 데 자신을 지탱해줄 파트너가 있어야만 버틸 수 있을 것 같은 예감이 들었다. 그래서 마음 먹고 다함을 불렀다.

"누나."

그러자 다함은 펄쩍 뛰었다.

"뭐, 누나?"

"그래, 누나. 나랑 같이 가주면 평생 누나라고 부를게."

다정은 절대 다함을 누나라고 부르지 않았다. 야, 너, 싸울 때는 인마. 인마는 다정이 평생 쓴 단어 중 가장 심한 욕이었다.

"그 정도로 가고 싶어?"

"가고 싶은 게 아니라 가야만 해."

다함은 눈을 질끈 감고 한참을 침묵하더니 말했다.

"내일 학교 가서 생각하고 얘기해줄게. 네 얼굴 보면 이성적인 판단을 못 할 것 같아. 너 없는 데서 생각해볼래."

다정은 고개를 끄덕이며 중환자실 유리창에 다시 코를 박았다. 금방이라도 눈물이 뚝뚝 떨어질 것처럼 코가 시큰거렸는데 유리가 차가워서 다행히 호흡을 고를 수 있었다.

*

월요일인 다음 날, 모두 이상하게도 2학년 담임 모두가 아침 조회 시간에 교실에 들어오지 않았다. 신이 난 학생들은 노느라 정신없었다. 아침부터 교실에서 컵라면을 먹는 애들도 있었다. 그리고 1교시 종이 울릴 때까지도 많은 학급이 교사 없이 여전히 난장판이었다.

다정은 책상 위의 문제집을 만졌다(대한민국 고등학교 수업 시간에 교과서를 쓰지 않는다는 사실은 교과서 집필진 빼고는 다 알 거다). 1교시는 수학 시간이었다. 그러나 수학 선생님이 들어오지 않고 있었다. 교실 안이 펄펄 끓는 냄비 속처럼 시끄러워졌다. 보통 이 정도면 옆 교실에서 수업하는 선생님이 들어와 주의를 줘야 하는데 그런 낌새조차 없었다. 더 놀라

운 것은 성적 좋은 학생들, 이런 일이 벌어진다면 당장 학원 숙제부터 펴놓았어야 하는 학생들도 교실 뒤편에 모여서는 낄낄대고 있다는 점이었다.

수업 시간이 끝날 때까지 선생님은 들어오지 않았다. 학급 회장이 수학 선생님을 부르러 교무실에 가지 않았다는 것도 왠지 이상했다. 다정은 읽던 책을 들고 화장실에 갔다. 사실은 1교시 시작할 때부터 배가 아팠지만 언제 선생님이 들어올지 몰라 내내 꾹 참고 있던 참이었다.

한창 속을 비워내는데 칸 밖에서 누군가 이야기하는 소리가 들렸다. 또래의 것이라고는 믿을 수 없이 굵직한 목소리여서 깜짝 놀라 집중할 수밖에 없었다.

"애들이 쓰는 화장실은 역시나 지저분하네요."

"그래도 교무실에서 이 정도로 떨어지지 않으면, 맘 놓고 얘기할 데가 없어요."

"그 선생, 겁을 좀 많이 먹은 것 같지요?"

"뭐, 서울에서 좋은 대학 나와 항만시에서 일한다고 칭송깨나 들었으니 지금 상황이 무섭겠죠."

"그렇게 애들한테 잘난 척을 많이 했다면서요? 정말이지 웃겨서."

"그래도 말귀는 잘 알아들어서 다행이에요. 고학력자라

그런가."

"지방 학부모라고 얕본 거겠죠, 어이가 없어서."

"1교시는 아예 못 들어갔던데."

"그것도 나중에 말 안 들으면 써먹어야죠, 불성실로."

"그런데 아까 교무실에 선생 찾으러 왔던 여자애는 그 쌍둥이 맞죠? 깜짝 놀랐네."

"네, 걔는 진짜 신경 쓸 거 없어요. 맨날 놀러만 다니는 골 빈 여자애예요. 연예인이나 좋아하고."

"그래도 혈육이라……. 교장이 바로 쫓아내서 좀 마음이 놓이더라고요. 가실까요?"

"맞다, 아버님. 애들 과외 다음 주 보강한다는 거 들으셨어요?"

두 사람은 킬킬 웃더니 손도 씻지 않고 밖으로 나갔다. 발소리가 멀어지고 나서야 다정은 화장실 칸에서 나왔다. 혼란스러운 기분이었다. 이 학교에 쌍둥이라고는 다정과 다함뿐이었다. 그런데 우리가 언제 저 학부모들의 입에 오르내릴 법한 학생이 되었단 말인가. 다정은 전혀 짐작할 수 없었다.

쉬는 시간 종이 칠 즈음에야 헐레벌떡 화장실을 나왔다. 그 순간 누군가 다정의 손목을 강하게 잡아채는 바람에 소리 지를 새도 없이 다시 화장실 칸 안에 욱여넣어졌다. 다함의 얼굴이 눈앞에 있었다. 야, 여기 남자 화장실인데…… 다정이 파들거렸지만 다함은 신경도 쓰지 않고 타임머신을 작동했다.

다함은 말했다. 수업에 들어오지 않는 선생님을 찾으러 교무실에 간 것은 그저 애들의 농담 때문이었다고. 다함이 다정의 흑기사로 나서서 춘 춤에 대한 반응이 아직도 뜨거웠고, 분위기 탓에 아무 이유도 없이 다함을 교무실로 보냈을 뿐이라고. 그저 놀려먹는 분위기를 유지하기 위해.

그러나 투덜대며 교무실에 갔을 때 들려오는 말은 예상치 못한 것이었고, 교사가 아닌 처음 본 아저씨가 과하게 팔을 휘두르며 자신을 쫓아내자 다함은 외벽의 창문 밑으로 돌아가 성새쥐를 작동했다고 했다.

그러고는 기가 차서 벌렁대는 심장을 진정시키느라 몸부림쳐야 했다고.

그놈의 유일무이한 수학 백 점, 그게 뭐라고 학부모 소집까지 했을까?

"민환 아저씨 때랑 똑같아. 그러니까 내가 그랬잖아, 튀는 행동 하지 말라고. 왜 욕심을 부려서 이런 일을 만들어?"

다함이 이를 부득부득 갈며 다정의 팔뚝을 퍽퍽 소리 나게 쳤다.

"그리고 네가, 우리 아빠 누군지 아냐고 떠벌리고 다녔다며."

"내가 언제?"

"수학여행 가서 밤에 통화할 때 우리 아빠가 어떤 사람인지나 알고 그러는 거냐고 막 떵떵거렸다며. 어떤 반 애가 듣고서 자기 아빠한테 이야기했다던데."

다정은 맹세코 그런 말을 한 적이 없다고 항변하려 했지만, 순간 나쁜 민환(이제 쌍둥이는 민환 아저씨와 나쁜 민환으로 둘을 구분해 불렀다)과의 통화가 생각나서 우뚝 멈추었다. 설마 그걸 듣고?

"진짜 말도 안 되는 소문이 돌고 있다고, 그 말 때문에. 우리 아빠가 돈이랑 빽 써서 수학 선생님한테 뇌물 주고 네 성적을 샀다고. 그리고 문제 생길까 봐 무마하느라고 입원한 척한다잖아."

"그런 헛소문을 누가 믿냐?"

다정이 떨리는 목소리로 말하자 다함이 소리를 질렀다.

"안 믿는 것 같아도 다 믿는다고! 시기 질투하고 너를 깎아내리느라!"

"나 하나 끌어내린다고 뭐가 달라지는데?"

"수학 선생님 때문이야. 수학 선생님이 공부 잘하는 애들 심기를 맨날 엄청 긁었잖아. 그래서 지금 학부모들이 완전 기를 죽이려고 한대. 수학 선생님이 지금 어디까지 인정한 줄 알아? 성다정 아버지 뵈었고, 아들 잘 봐달라는 말 들었고, 문제를 유출하지는 않았지만 범위랑 유형을 알려줬다고 이미 인정했다잖아!"

"말도 안 돼. 내가 백 점 맞기 전까지는 그 사람, 내 이름도 몰랐어."

정말 단 한 톨의 진실도 없는 헛소문이었다. 다정과 다함은 소문이라는 게 얼마나 거짓될 수 있는지 과학적 이론에 따라서는 알고 있었다. 그러나 막상 자신의 처지로 닥치니 얻어맞은 듯 얼얼했다. 거대한 악의가 느껴졌다. 뭘 해야 할지 도저히 생각해낼 수 없었다.

다함은 두 손으로 얼굴을 감싸고 한참을 씩씩거리더니 말했다.

"하자."

"뭘?"

"백두산 할아버지 의뢰, 지금 시작하자고."

"지금 바로?"

"어떻게든 우리 시간대를 멈추고 싶어서 그래. 이 일 관련해서는 아무 생각 안 할래. 그 할아버지가 치매든 아니든, 가서 허탕 치든 말든 그건 중요하지 않아. 일단 하자. 어차피 과거로 왔으니까 나가서 바로 시작하면 돼. 가만히 있다가는 미칠 것 같아."

*

그러니까, 백두산 할아버지의 의뢰가 어떤 것이었냐면.

"내 증손주 생기부에 단 한 줄만 써줘. 너의 진짜 증조할아버지가 항만에 있는 병원에서 외롭게 혼자 늙어가고 있다고. 단 한 줄이면 돼. 사실 나는 한 번도 본 적이 없어. 양자로 간 아들의 손자인데 내가 무슨 낯을 하고 보고 싶다 하겠나. 하지만 몇 살인지, 어디 사는지는 알지. 나 혼자 아는 거야. 그놈이, 너희가 말하던 그 염경혁이 내 손자라니까?"

멍한 표정의 쌍둥이를 번갈아 보며 백두산 할아버지는 계속 말을 이었다.

"난 큰 거 바라지 않는다. 그냥 내 새끼들이 나를 보러왔으면 좋겠어. 다른 사람들이 나를 비웃지 않도록. 생기부? 그게 그렇게 중요한 시대가 되었다니까 분명 그 내용을 금방 보겠지. 그걸 보고 나를 찾아왔으면 좋겠네. 한 번이면 돼, 정말 한 번이면. 아무 문제도 일어나지 않을 거야. 보고 나면 생기부 내용도 다시 원래대로 바꿔주면 좋겠네. 의뢰비는 두 배로 지급할 테니까. 너희가 생기부 내용을 직접 수정하는 게 아니더라도 그건 내 알 바 아니야. 어떻게든 증손주랑 그 애비가 나를 한 번이라도 보러 오면 돼. 그래도 못 하겠다면 선급금으로 의뢰비의 두 배를 주지. 그리고 완료되면 나머지 두 배를 주겠다. 총 네 배인 거야."

백두산 할아버지는 정말 의뢰비의 두 배 금액을 선급금으로 내밀었다. 빳빳한 봉투 안에 더 빳빳한 새 지폐가 가득 들어 있었다. 병원복을 입고 병원 근처 은행에 가서 직접 새 지폐로 뽑았다고 했다.

쌍둥이는 백두산 할아버지가 치매 환자가 아니라고 생각할 수밖에 없었다. 무언가 사연이 있어서 여기 들어온 거고, 그게 자기 의지는 아닐 것이라고 확신했다.

*

"그러고 보니 이렇게 가까운 시간대로 점프한 건 처음이네."

다함의 말에 다정은 자는 척했다. 서울로 향하는 시외버스가 마구 흔들렸다.

쌍둥이는 겨우 작년 말로 와 있었다. 굳이 작년으로 돌아와 서울로 가는 이유는 서울 가는 시외버스비가 일년 사이에 만 원이나 올라서였다. 물가가 가파르게 오르고 있었다. 몇 년 살지도 않았는데 언제나 과거가 가장 살 만한 시절로 여겨진다는 게 슬펐다.

수학여행을 미리 가보지 않았더라면 휴게소의 규모와 요란함에 눈이 휘둥그레져 화장실도 제대로 다녀오지 못했을 것이다. 수학여행에서 확실히 뭔가를 배우기는 한 셈이었다. 다함은 볼일을 보고 황급히 돌아왔다. 출출하기는 했지만 먹을 걸 살 시간은 없을 것 같았으니까. 놀랍게도 다정이 다함보다 훨씬 늦게 버스에 돌아왔다. 회오리 감자와 어묵꼬치를 양손에 들고서.

다정답지 않은 일이었다. 원래 다정이라면 사람들 눈치를 보느라 가장 빨리 돌아왔어야 했다. 다함은 다정이 사온 음식을 함께 먹으면서도 미심쩍은 눈으로 다정을 흘끔거렸다. 다정의 눈동자가 조금 뿌연 것 같기도 했는데 바깥의 찬 기온 때문에 생긴 수증기 탓인지 알 수가 없었다.

시외버스터미널에 도착한 두 사람은 급히 잠실로 향했

다. 말로만 듣던 롯데월드. 작년 말 백두산 할아버지의 증손주가 학교 체험학습으로 다녀온 곳이었다. 백두산 할아버지는 증손주가 다니는 학교의 홈페이지를 수시로 들락거려서 학사일정을 다 알고 있었다.

책을 읽지 않는 시간에는 하루 종일 핸드폰을 만지는 백두산 할아버지를 보며 병원 사람들은 치매 증세가 심해져 본 걸 또 보는 것 같다고 말했다. 가뜩이나 뇌가 녹고 있는 어르신에게 핸드폰을 주다니 옳지 않다고 수군대는 이들도 있었는데, 그들의 본의는 백두산 할아버지에 대한 염려가 아니라, 핸드폰을 자유롭게 쓰는 백두산 할아버지를 부러워할 자기 부모들에 대한 단속이었다.

어쨌거나 난생처음 롯데월드에 와본 쌍둥이는 왜 이렇게 비싸냐고 투덜거리며 입장했다. 다정과 다함 둘 다 놀이기구라는 걸 타본 적 없었지만, 그래서 무지무지 궁금했지만, 왠지 그런 마음을 솔직히 드러내면 안 될 것 같았다.

조금만 돌아다녀도 백두산 할아버지의 증손주가 다니는 중학교 학생들을 쉽게 알아볼 수 있었다. 일본식 카라가 달린 독특한 교복 덕분이었다. 그리고 곧 증손주도 찾아냈다. 백두산 할아버지가 보여준 사진과 똑같이 생긴, 또래보다 약간 덩치가 큰 그 아이는 추로스를 파는 매점 앞에 서 있었다.

쌍둥이는 증손주를 하루 종일 쫓았다. 증손주는 내내 혼자였다. 놀이기구를 타지도 않고 퍼레이드를 보러 가지도 않았다. 그냥 매점 앞에 죽치고 앉아 추로스만 거듭 사 먹을 뿐이었다. 쌍둥이는 증손주를 추적하다 지쳐서 자이로드롭도 타고 아틀란티스도 타고 후룸라이드도 탔다. 그러는 동안에도 증손주는 계속 거기 있었다. 추로스와 한 몸이 된 것처럼.

마침내 집합할 시간이 되자 그제야 증손주는 느릿느릿 집합 장소로 움직였다. 쌍둥이가 잽싸게 뒤를 밟은 덕에 증손주의 담임도 볼 수 있었다.

그런데 믿을 수 없게도, 그는 쌍둥이가 아는 사람이었다. 항만고에서 근무하는, 다정의 수학 선생님.

"자, 이제 다 같이 학교로 돌아갈 거예요. 오늘 재밌게 놀았으니까 내일부터는 열심히 공부하기야! 선생님 말 알아들었어요? 대답해야지, 응? 착하고 예쁘게 대답해야지!"

아이들은 뭐래, 하고 비웃으며 귀 후비는 시늉을 하고 낄낄거렸다. 담임을 대놓고 무시하는데도 수학 선생님은 만면에 미소를 띠고 있었다. 지금보다 훨씬 마른 팔다리가 파들거렸다.

다함은 혹시 마주칠까 봐 숨으려 했는데, 다정이 말했다.

"그럴 필요가 없잖아. 저 선생님, 아직 우리 얼굴을 몰라. 과거잖아."

"맞네."

"옆에 서서 얘기해도 자기 얘기인지 몰라. 계속 따라다녀도 신경 쓰지 않을 거고."

"그렇겠네."

이미 수학 선생님은 학생들을 인솔해 버스에 오르고 있었다. 버스를 쫓는 건 쌍둥이에게는 무리였다. 쌍둥이는 그날 아침으로 시간을 돌렸다. 어차피 증손주는 추로스 가게 앞에서 한 발짝도 움직이지 않았으니까. 이번엔 수학 선생님의 뒤를 밟아, 롯데월드에 들어오던 순간부터 일거수일투족을 살필 요량이었다.

그런데 시간을 너무 많이 돌려서, 학생들이 도착할 때까지 두 시간이나 시간이 떠버렸다. 쌍둥이는 놀이기구를 또 타야 했다. 거듭 타니까 속이 조금 메슥거렸다.

학생들이 우르르 뛰어 정문을 통과하고 한참이 지나서야 쌍둥이는 수학 선생님을 발견했다. 수학 선생님은 동료 선생님들과 함께 걸어오고 있었는데, 수학 선생님의 옆을 누군가 졸졸 따르고 있었다. 백두산 할아버지의 증손주였다. 첫 점프에서는 롯데월드에 입장한 이후 시간대에 떨어졌기에 보지 못한 광경이었다. 증손주는 수학 선생님 옆에 딱 붙어 걸으며 계속 뭐라고 중얼거렸고 수학 선생님은 건성건성 대답하는 듯 보였다. 누가 봐도 귀찮아하는 기색이 역력했다.

"지후야, 이제 놀러 가야지. 얼른 가서 줄 서지 않으면 금방 줄 늘어난다?"

수학 선생님과 같이 걷던 나이 지긋한 선생님이 증손주를 지후라 불렀다. 지후는 대답은 하지 않았으나 고개를 저으며 완강한 표정이었다. 결국 그 선생님이 수학 선생님을 손짓해 부르더니 말했다.

"오늘 하루 같이 다녀, 염지후 쟤랑 둘이."

"하루 종일요?"

"그럼 쟤 혼자 내버려둬?"

"부장님, 떼쓰는 거 하나하나 다 들어주는 것도 문제입니다. 제가 데리고 다닌다고 치죠. 다른 애들이 편애한다고 항의라도 하면, 그건 어떻게 하실 건데요?"

그러자 학년 부장은 풋 웃으며 대답했다.

"자기 애한테 염지후가 달라붙지 말아달라고 매일 기도하는 학부모가 태산일 텐데? 아마 고마워할 거야."

"아니, 그래도……."

"당신이 담임이잖아, 담임! 정신 차려."

수학 선생님은 잔뜩 썩은 표정을 하고 지후에게 가서 오늘 선생님이랑 함께 놀자고 말했다. 신이 난 지후는 수학 선생님의 손을 잡으려 들었지만 수학 선생님은 손을 뿌리쳤다. 그러나 지후는 상처받은 기색 없이 히히 웃을 뿐이었다.

그랬구나. 처음에는 둘이 함께였어. 그런데 언제부터 혼자 추로스 가게 앞에 앉아 있던 거지? 쌍둥이는 스르륵 움직였다. 다함은 자신도 모르게 다정의 손을 잡고 있었다. 다정은 깜짝 놀랐으나 내색하지 않았다.

수학 선생님은 지후와 일 미터쯤 떨어져서 걸었다. 마치 일행을 부끄러워하는 어린애처럼. 학생들이 옆을 지나치며 수학 선생님에게 소리치기도 했다.

"선생님, 왜 염지랑 같이 다녀요?"

"선생님, 염지한테 옮아요!"

뭐가 옮는다는 건지 다함은 궁금해했고 다정은 분명 염경혁의 자식이라면 동급생들이 설설 기어야 하는 게 아닌가 의아해했다. 분명 자신이 지금껏 살아오며 경험한 권력 구조라는 건 그런 식이었는데. 그리고 무엇보다 수학 선생님이라면 저 애한테 어떻게든 잘 보이도록 최선을 다할 것 같은데, 왜 그러지 않을까.

지후와 수학 선생님은 뭘 타지도 않고 하염없이 걸어 다니기만 했다. 쌍둥이는 점점 화가 나기 시작했다. 지후가 수학 선생님의 손을 잡으려고 몇 번이나 애를 썼으나 수학 선생님은 그런 지후의 눈도 마주치지 않고 있었기 때문이었다.

"나라면 적어도 하나는 같이 타준다." 다함은 이미 수학 선생님에 대해 감정이 나쁠 대로 나빠져 있었으므로 욕까지 걸쭉하게 덧붙였다. "어떻게 저렇게 같이 있기 싫다는 티를 있는 대로 다 낼 수가 있지?"

"야, 성다함. 네가 교무실에서 그 얘기 엿들었다고 했지? 수학 선생님, 서울에서 항만으로 내려와서 겁 많다고."

"응, 그거 대학 얘기 아니야? 수학 선생님 맨날 자기 학벌 엄청 자랑했잖아."

"하지만 항만에 오기 전에 이 학교에서 선생님을 했다는 건, 분명 여기서 쫓겨나야 할 이유가 생겼다는 거 아닐까?"

어, 그러네. 다함이 맞장구를 쳤다. 동시에 기묘한 직감이 쌍둥이에게 동시에 들었다. 아마도 염지후가 가장 큰 원인 제공자 중 하나일 거라는 직감이. 그런데 하루 종일 지켜본 바로는 동급생도 다른 선생님들도 지후를 대놓고 무시했다. 왜 수학 선생님에게만 문제가 생겼을까?

"지후야."

그 넓은 롯데월드를 몇 바퀴나 돌았을까. 드디어 수학 선생님이 지후를 불렀다. 쌍둥이의 귀가 쫑긋 섰다.

"지후야, 다리 아프지? 선생님은 화장실 좀 가고 싶은데, 잠깐 저기 앉아 있을래? 너 추로스 좋아하잖아. 추로스 사먹고 있어. 선생님 올 때까지 기다려."

"추로스? 선생님 것도 살까요?"

"응, 금방 올 거야. 조금만 기다리고 있어. 아, 참! 선생님이 돈 줄 테니까, 이걸로 사 먹어."

"나 엄마 카드 있는데."

"아니, 안 돼! 절대 카드 쓰지 마. 선생님이 주는 돈 써야 해."

"왜요?"

"선생님이 지후한테 사주고 싶어서 그런 거니까 꼭 이 돈으로 사 먹어야 해, 알겠지? 절대 지후 카드 쓰면 안 돼, 절대!"

그렇게 지폐를 쥐여주고 사라진 수학 선생님은 돌아오지 않았다. 쌍둥이는 수학 선생님의 뒤를 밟았다. 수학 선생님은 카페에 가서 커피를 마시고, 열심히 핸드폰 게임을 했다. 집합할 시간이 될 때까지 내내 그랬다. 그러고는 지후를 찾으러 어슬렁어슬렁 추로스 가게 쪽에 갔다가, 지후가 없자 급히 집합 장소로 뛰어가서는 화를 냈다.

"내가 거기서 기다리라고 했잖아, 응? 왜 혼자 멋대로 움직여! 선생님이 너 찾느라 얼마나 힘들었는지 알아? 왜 혼자 움직이냐고, 왜!"

쌍둥이는 이해할 수 없었다. 지후는 집합 시간 전까지는 정말 추로스를 파는 매점에서 단 한 발짝도 움직이지 않았다. 그러나 지후는 벌벌 떨면서 말했다.

"죄송해요, 정말 죄송해요."

그건 권력을 쥔 혹은 자신이 권력을 쥐었다고 여기는 사람이 할 수 있는 말이 아니었다. 분명히 지후는 자신의 권력을 전혀 자각하지 못하고 있었다. 이상했다. 겨우 일년 전인데, 그때라면 저 애의 아버지나 할아버지가 가진 힘이 지금 쌍둥이가 살고 있는 시점과 크게 다른 것도 아닌데, 지후는 왜 저렇게 납작 엎드릴까?

다함은 잠깐 가설을 세워봤다. '염지후는 자신이 타고났을 뿐인 힘을 휘두르는 안하무인이 아닐 것이다. 겸손하고 올곧을 것이다. 그리고 그런 사람들은 보통 손가락질받기 마련이다'라는 가설. 그러나 그 가설을 밀고 나가기에는 아무래도 지후가 수학 선생님에게 하는 행태가 너무 굴욕적이었다.

대체 뭐가 문제일까. 다함은 다정에게 물었다.

"백두산 할아버지가 준 학사일정 가지고 있지?"

"응."

"이다음에 무슨 일정 있어? 특별한 걸로."

다정은 미간을 찌푸리더니 대답했다.

"학부모 공개수업. 이거야 어차피 그냥 짜고 치는 고스톱이니까 봐도 별로 소용없을 거 같은데."

"그다음에 있는 건?"

"수학여행."

다함은 즉각 공개수업으로 점프하자고 말했다.

"나 수학여행 출장 또 가고 싶지 않거든."

다정으로서는 반박할 말이 없었다.

*

공개수업은 지역을 불문하고 어느 학교에서나 부자연스럽고 연극적인 이벤트인 모양이었다. 다만 차이가 있다면, 이 학교에서는 청소를 학생이 하지 않는다는 점 정도일까. 쌍둥이네 학교에서는 때 빼고 광내느라 전교생이 몰두했었다. 하지만 여기서는 청소업체 직원들이 초과근무를 했다.

지후의 반에서 이루어지는 공개수업의 교과는 음악이었다. 공개수업 교과가 수학이었다면 요주의 두 인물, 지후와 수학 선생님을 모두 관찰할 수 있었을 텐데. 쌍둥이는 고민하다가, 일단 공개수업 동안에는 지후를 먼저 관찰하기로 했다.

학생들은 하루 종일 공개수업에서 부를 노래를 연습하고 또 연습했다. 시간표의 교과목은 중요하지 않았다. 영어 시간에도, 과학 시간에도, 역사 시간에도. 학생들은 어차피 신경 쓰지 않았다. 중요한 건 학교가 아니라 학원과 과외를 통해 배운다고 생각했기 때문이다.

학부모들이 입장하기 십분 전, 수학 선생님이 상기된 표정으로 교실에 들어왔다. 손가락으로 여기저기를 훑으며 청소 상태를 확인하는 척하다가 지후의 옆에 가서는 몹시 상냥하게 말했다.

"지후야."

"네?"

"선생님이랑 상담실 가서 상담할래?"

복도에서 성새쥐를 통해 엿듣고 있던 쌍둥이가 서로 쳐다보며 입을 헤 벌렸다. 곧이어 지후의 목소리가 들렸다.

"공개수업, 지금 해야 되는데요. 공개수업⋯⋯."

"그렇지, 공개수업 중요하지. 그런데 지후야, 너 상담 좋아하잖아. 선생님이랑 지금 상담 안 하면 겨울에나 할 수 있을 텐데. 상담하러 가자, 응? 선생님이 다 들어줄게."

"공개수업은⋯⋯."

"그냥 좀 조용히 따라오라고!"

수학 선생님이 별안간 고함치는 바람에 교실 전체가 가파른 적막에 휩싸였다. 쌍둥이는 동시에 어깨를 떨었다. 수학 선생님의 헛기침 소리가 성새쥐를 통해 들렸다. 잠깐의 침묵이 지나고 갑자기 교실 문을 여는 소리가 들려 쌍둥이는 헐레벌떡 복도의 가장 으슥한 사각지대로 도망쳤다. 교실을 나온 수학 선생님이 지후의 어깨를 두 팔로 감싼 채 복도를 걷고 있었는데, 그 모양이 마치 결박 같았다.

다함이 예고도 없이 그들 쪽을 향해 뛰었다. 그러면서 다정을 향해 마치 가만히 있으라는 듯 손짓했다. 다정은 가만히 교실 쪽을 바라보았다. 속속 교실로 들어온 학부모들이 서로 잘 아는 듯 반갑게 인사했다. 아주 친한 친구 같았다. 다정은 그런 친구를 별로 사귀어본 적이 없어서 좀 신기하고 부러웠다.

수업 종이 치고 교실에 들어온 음악 선생님은 이미 연습된 대본을 그대로 읊었다. 학생들도 마찬가지였다. 다정과 다함은 이미 그 학생들이 평소에 얼마나 비속어를 잘 쓰는지 익히 알았다(롯데월드는 비속어 퍼레이드나 다름없었다). 그런데 지금 학생들은 마치 중세 유럽의 상류층 같은 말투를 사용했다.

"클래식 음악을 좀 배울걸."

다정은 중얼거리며 학생들이 부르는 노래를 들었다.

수학 선생님과 지후를 뒤쫓아 간 다함은 먼지가 두껍게 쌓인 어둑한 방에 도달했다. 팻말에는 상담실이라고 적혀 있었다.

"여기서 한 시간만 선생님이랑 놀자."

"노래는요? 연습 엄청 많이 했는데."

"노래? 노래도 중요하지. 음, 나중에 이번 학년 끝나고 선생님한테 불러주면 될 거 같네."

"그럼 지금 음악 시간에 부르는 노래는요? 내가 거기 없으면……."

"아무도 모를 거야." 수학 선생님이 지후의 말을 끊었다. "아무도 모를 거야, 지후야. 그러니까 걱정하지 말고 선생님이랑 놀자."

"생기부에는……."

"아, 생기부? 거기에는 지후가 공개수업에 잘 참여했다고 적힐 거니까 걱정하지 마. 정 걱정되면 나중에 직접 확인해보면 되잖아. 선생님은 거짓말 안 해. 지후 같은 애들한테는 더더욱. 지후 같은 친구들은 힘든 애들이니까."

대체 수학 선생님이 무슨 말을 하는 건지 알 수 없어 다함은 가만히 몸을 웅크리고 있었다.

"상처받을 거니까, 선생님이 지켜주는 거야."

상처받는다니. 잠시 동안 상담실 안에서는 두 사람의 숨소리만 들렸다. 그러다 어느 순간 아스라이 학생들의 노랫소리가 들려왔다. 마치 가곡 같았다.

사랑으로 가득한 세상

다른 이와 함께하는 세상

내 손을 먼저 내어주고

깊이 안아주는 그런 품을 가지는

지후가 멜로디를 흥얼거렸다. 음정은 얼추 맞았지만 가사는 잊었는지 웅얼거렸다. 수학 선생님이 지후에게 조용히 하라고 퉁명스럽게 말했다. 이내 노래 소리가 멎었다.

"우리 아빠는 왜 공개수업에 안 올까요?"

지후가 묻자 수학 선생님이 피식 웃더니 대답했다.

"아버지가 오시면 뭐가 좋은데? 어차피 네가 힘들어하는 것만 보실 텐데."

"초등학교 1학년 땐 오셨는데. 사진도 있는데."

"그땐 애들이 다 너랑 비슷하니까."

"지금은요?"

"네가 느끼지 않니? 그 정도 아이큐는 되잖아?"

'그 정도 아이큐는 되잖아'라니. 너무 날 선 단어 선택 아닌가. 그러자 지후는 기어들어가는 목소리로 대답했다.

"아이큐……."

"한 80은 나왔니?"

지후가 대답하려는데 갑자기 큰 소란이 일었다. 상담실

이 아니라 건물 쪽에서 터진 소음이었다. 누군가 고함을 지르고 있었다. 놀란 다함이 잽싸게 성새쥐를 거둬들이고 숨으려 할 때, 지후가 겁에 질려 외치는 소리가 들렸다.

"아빠예요!"

그러고는 곧 잔뜩 기겁한 채 자신에게서 떨어지라고 외치는 수학 선생님의 목소리가 이어졌다.

*

경계선 지능인. 장애인으로 분류될 정도로 지능이 낮지는 않으나 정상인의 아이큐보다는 낮은 지능을 가진 사람. 흔히 학습이 부진하거나 업무 수행 능력이 떨어지는, 혹은 인간관계에서 눈치 없이 행동한다는 이유로 사회에서 배제되는 사람들. 지능이 낮은 정확한 이유는 알 수 없으나 여러 가지 원인이 있을 거라 유추된다. 그중 하나가 바로 아동학대.

쌍둥이는 지후와 수학 선생님만 쫓아다니느라 미처 몰랐다. 지후의 반경 오 미터 내로는 절대 접근하지 않는 아이들이 지후를 뭐라고 부르는지도 신경 쓰지 못했다. 어떻게 생각하면 그건 남들의 쑥덕거림에 상처받은 경험이 있는 쌍둥이의 방어기제인 것도 같았다. 다른 사람들의 말보다는 오직 직접 눈으로 본 장면만 가지고 판단할 것. 쌍둥이는 그 원칙을 가지고 지후를 관찰했다. 자신들이 당하는 것처럼 자신들 역시 지후를 오해할까 염려되어서.

　분명 지후는 이상해 보이지 않았다. 추로스 매점 앞에서 한참을 앉아 있던 건 그저 따돌림과 그에 따른 우울감 때문이었을 거라고 쌍둥이는 생각했다. 그러나 쌍둥이는 잠시 간과하고 있었다. 집단이 무언가 조금 '다른' 사람에게 얼마나 잔악하게 변할 수 있는지. 지후는 우수만을 꿈꾸는 학생들에게는 두려움을 주는 존재였고, 정상만 보려 하는 학교 선생님들에게는 짐처럼 여겨졌다. 유력 정치인의 자제이니 살뜰히 챙겨야 하지만, 도저히 학교의 위신을 세울 재목은 되지 못하는 짐. 본디 학생들은 지후를 괴롭히지 못했다. 집에서 그 애를 건드리지 말라고 단단히 교육했기 때문이다. 선생님들은 지후 앞에서 땀을 뻘뻘 흘리며 최대한 착한 척했다. 지후는 마치 투명한 유리로 된 인간과도 같은 아이였다. 조금이라도 손을 대면 깨져버릴. 그래서 아무도 가까이 다가갈 생각을 하지 않는.

　그러나 수학 선생님이 상황을 바꾸었다. 지후가 종종 있던 일을 기억하지 못하거나, 자신의 기억이 옳지 않다고 생각한다는 사실을 수학 선생님이 처음으로 알아낸 것이다. 즉, 어떤 일이 있든지 간에 나중에 거짓 기억을 만들어 말해주면 지후는 그대로 믿었다. 올해의 담임선생님은 정말 다정하다고 생각하며 행복해했다. 하지만 자신을 커다란 짐이자 수치스러운 결과물처럼 여기는 부모에게는 그런 말을 하지 못했다. 대신 집안일을 도맡아 해주는 가정관리사에게 말했다. 그리고 집안에서 냉대받는 지후를 안타까워하던 가정관리사가 올해는 아이가 학교에서 정말 잘 적응하는 것 같다고 부모에게 슬쩍 말을 흘리면서 일은 커져버렸다.

부모 노릇을 하는 장면을 사진이나 영상으로 기록해 번 듯하게 전시해야겠다는 판단하에 두 사람이 모두 직접 공개수업 자리에 모습을 드러낸 것이다. 수업을 방해할 가능성이 있다며 지후의 존재를 아예 지워버린 그 공개수업 현장에, 예고 없이. 결국 두 사람은 자기 자녀의 부재를 확인했고 난동을 부렸다.

그 난동이 과연 자기 아이에 대한 사랑 때문에 벌인 일이었을까, 아니면 아이에 대한 무시를 자신에 대한 무시로 동일시한 결과였을까. 쌍둥이는 후자라고 생각했다. 난동 이후 사태를 수습하기 위해 진행된 일의 양상이 그런 생각을 할 수밖에 없게 만들었다. 부모는 책임자를 찾아 나섰다. 공개수업 현장에는 교장, 교감, 학년 부장까지 모두 자리하고 있었고 음악 선생님 역시 학교에서 오래 근무한 베테랑이었다. 그들은 누구를 제물로 바쳐야 할지 서로 말하지 않아도 알았다. 그 자리에 없는 사람. 지후를 데리고 있도록 명 받은 사람. 오래 일하지 않은, 그래서 인맥도 약하고 발언권도 없는 사람.

선생님들은 모두 지후의 담임, 즉 수학 선생님이 멋대로 지후를 교실에서 데리고 나갔다고 변명하며 발을 뺐다.

그리고 지후의 부모가 난동을 부릴 때 그 교실 안에 있던 다른 부모들은 지후가 어떤 아이이고 어떤 대접을 받는지 대강 알았음에도 눈물을 흘리며 힘을 보탰다. 그래야만 자기 아이가 지후를 소외시켰다는 혐의에서 벗어날 것이었기 때문이다.

지후의 부모는 반나절을 길길이 날뛰었다.

그러나 지후가 어디 있는지 먼저 찾지는 않았다.

책임자 소환만 요구했을 뿐 내 아이를 데려오라고 말하지는 않았다.

그들에게 아이는 필요하지 않았다. 자기 자존심만 중요했을 뿐이다.

*

　다정과 다함은 운동장 변두리에 나란히 앉아 있었다. 이미 땅거미는 졌고 학생들은 모두 하교했으며 다닥다닥 붙은 창문들은 다 어두워져 있었다.

　유일하게 불이 켜진 건 교장실의 창문이었다. 학교 관리자와 베테랑 선생님들 그리고 수학 선생님이 교장실에 들어가 있었다. 성새쥐를 통해 들은 바로는 이 사건을 기사화하겠다는 부모의 엄포에 대항하기 위한 방법을 찾는 모양이었다.

　다함이 말했다.

　"왜 서울에 있는 다른 학교가 아니라 항만시까지 왔는지는 모르겠지만, 어쨌든 이 학교에서는 저런 식으로 쫓겨난 거겠지."

　다정은 평행봉에 몸을 기대고 있었다. 평행봉의 서늘한 온도가 정신을 놓지 않게 해주었다. 자신이 대체 어떤 세상에서 살고 있는 건지 다정은 혼란스러웠다. 왜 이렇게들 살까?

　"지후는 집에 잘 갔을까?"

　다정이 묻자 다함이 되물었다. "아까 막판에 걔 아버지가 상담실로 찾아와서 끌고 가지 않았어?"

지후는 아버지가 상담실에 들어오자마자 겁에 질려 몸을 잔뜩 움츠렸다. 그러나 그런 건 기사에 실리지 않을 것이다.

다함이 다시 말했다.

"이 의뢰는 결국 실패야. 어차피 지후 생기부에 어떤 말이 적히든 아무 일도 일어나지 않을 테니까. 지후 부모는 지후가 어떤 삶을 사는지 생각하지도 않으니까. 자기 앞길 막는 걸림돌이라고 생각하겠지. 아니, 어쩌면 언젠가 본인들이 위기에 처하면 그땐 오히려 전시할지도 몰라. 그러면 사람들이 동정표라도 던지겠지 싶어서. 어느 쪽이든 지후에겐 끔찍할 거야."

다정은 고개를 푹 숙였다. 착잡했다. 실패가 두려운 것은 아니었다. 실패는 다정에게 익숙했다. 따지고 보면 다정은 언제나 일부러 실패하는 삶을 살아왔으니까. 호형 씨처럼 밟히지 않기 위해서.

그러나 화가 났다. 잘못된 행동을 당연하게 벌이는 사람들에 대해서. 왜 저런 사람들에게 호형 씨는 당해야만 했을까. 왜 저 어른들은 불쌍한 아이가 불행한 하루하루를 보내게 만드는 걸까. 대체 뭐가 그리 잘나서.

"안 돼." 다정은 자기도 모르게 말했다. 다함이 뭐가 안 되느냐고 되물었다.

"이 의뢰의 최종 목표는 생기부 수정이 아니었잖아. 백두산 할아버지 앞에 증손주를 데려가는 거였어."

"그랬지."

"그거라면 할 수 있어."

"어떻게? 원래 시간대로 돌아가면 지후가 어디 있는지 알지도 못하는데. 이 학교를 계속 다니고 있을까? 전학이라도 갔으면? 그리고 어떻게 빼내서 병원에 데려갈 건데? 백두산 할아버지 계신 곳이 서울도 아니고."

"지금 여기서 만나게 하면 되지."

"저기요, 지금 이 시점은 우리가 그 병원에 다니지도 않을 때였어요. 아빠가 쓰러지기 전이라고. 아무리 치매 할아버지라도 그렇지 어린애 둘이 나타나 우리가 미래에서 당신 의뢰를 받고 왔다고 말하면 퍽이나 믿겠다."

다함이 핀잔을 놓았지만 다정은 곧바로 진지한 얼굴로 응수했다.

"그게 아니야."

"그럼?"

"우리 시간대의 의뢰인을 이 시간대로 직접 데려오자는

거지.”

“뭐?”

“백두산 할아버지를 오늘, 여기로 직접 모셔오자고. 어차피 지후를 아무도 신경 쓰지 않으니까, 상담실에서 수학 선생님만 쫓아낼 수 있다면 단 둘이 시간을 보낼 수 있어.”

“말도 안 되는 소리 하지 마. 백두산 할아버지가 화장실 가시는 거 못 봤어? 그 짧은 거리도 제대로 거동을 못 하는 분이야. 그런데 어떻게 서울로 모시고 와? 시간 이동보다 공간 이동이 훨씬 더 어려워. 말도 안 되는 일이라고.”

그러나 다정은 확신에 차서 말했다.

“도움을 요청할 전문가를 알잖아.”

“누구?”

애프터서비스

쌍둥이는 극성 학부모들이 칼을 갈고 있는 현재의 학교 화장실로 점프했다. 화장실을 벗어나서는 교실로 돌아가지 않았다. 학교에 대한 신뢰나 의지 같은 게 이제는 전혀 생기지 않았다. 대신 휘적휘적 교문을 걸어 나와 바로 핸드폰을 들었다.

전 의뢰인이었던 관형 씨에게 연락하기 위해.

"연세가 아주 많은 할아버지를 전동 휠체어에 태우고 서울에 가야 해요. 그냥 가는 것도 아니고 심지어 작년 말의 서울로요. 진짜인지 가짜인지 모르겠지만 어쨌든 지금 치매 환자로 입원 중이신 분이에요. 아마 휠체어 조종이 힘드실 거예요. 누군가 옆에서 조종을 해줘야 할 거고요. 저희는 그런 원격조종 휠체어를 직접 만들려고 해요. 기술은 다 있어요. 그런데 휠체어가 너무 비싸요. 혹시 저렴하게 빌릴 곳이 있을까요?"

관형 씨는 반색했다. 그는 전동 휠체어를 세 가지 모델이나 구비하고 있었다. 그중 판매 중지된 지 오래되었다는 구형 모델을 빌려서 쌍둥이는 분해하고 개조했다. 어린 시절 가지고 놀던 게임기의 부품을 여기저기 이식해 타인이 조종할 수 있도록 만드는 건 쌍둥이에게 누워서 떡 먹기였다.

쌍둥이는 자신들이 휠체어 조종기를 직접 조작할 생각이었으나 계획을 들은 관형 씨가 자신이 필요할 거라고 했다. 휠체어를 타본 적 없는 사람들은 휠체어 이용 시 생기는 변수를 제대로 예상하지 못할 거라는 이유에서였다. 예컨대 아주 얕은 턱 따위는 장애물로 인식하지도 못할 거라고. 경사로의 기울기 같은 걸 세심하게 고려하지 못할 거라고. 자신이 함께 가는 것이 가장 안전할 거라고. 듣고 보니 정말이었다. 휠체어를 실제로 이용하는 데 있어서는 쌍둥이보다 관형 씨의 능력이 훨씬 뛰어났다. 제아무리 쌍둥이가 열심히 공부했다손 치더라도.

솔직히 쌍둥이에게는 두려운 게 너무나 많았다. 자기들이야 뻔질나게 과거를 드나들었지만, 신변에 무슨 일이 생기더라도 발명한 본인들의 책임이기 때문에 괜찮았다. 그러나 제삼자를 데리고 점프하는 것은 처음이었다. 관형 씨와 백두산 할아버지의 인생이 어떻게 변할지, 자신들이 지금껏 간과해온 나비효과가 그들에게 어떤 영향을 미칠지, 무엇보다 무사하기는 할지 도저히 알 수가 없었다.

그 우려를 털어놓았더니 관형 씨는 되물었다.

"혹시 제가 못 미덥나요? 일을 망칠 것 같고?"

"그게 아니에요."

"그럼 걱정하지 마세요. 저도 다 무언가 원하는 게 있어서 끼어드는 거니까. 아직 제가 뭘 원하는지 말할 수는 없지만, 어쨌든 저도 이 일을 하면서 얻을 수 있는 건 다 얻을 거예요. 그러니까 저한테 미안해하거나 걱정하지 않아도 돼요."

"그러다 잘못되면 어떡해요?"

"나를 버리고 오면 되죠. 각서라도 쓸까요? 만약 할아버지나 내 휠체어가 원을 그리면서 세 바퀴 돌면 두 사람에게 도망가라는 신호를 보내는 거예요."

"어떻게 그래요!"

"농담이에요. 어쨌든 나도 이득이 있으니 가는 겁니다."

그보다 쌍둥이에게 더 무서운 것은 학교에 가지 않고 있다는 사실이었다. 남자 화장실에서 지후의 시간대로 점프했다가 돌아와 학교를 무단으로 이탈한 이후 쌍둥이는 교정에 얼씬도 하지 않았다. 과연 무단결석이 며칠이나 생겼을까. 그날 다정을 음해했던 세력은 만족할 만한 결과를 갖고 떠났을까. 다정은 물어볼 친구가 없었고, 다함의 친구들은 그런 사정까지는 알지 못했다.

어쨌거나 상처받았기에 갈 수가 없었다. 그건 확실했다. 우리의 미래가 어떻게 될까. 쌍둥이는 매일 잠들기 전 생각하고, 한숨을 쉬고, 다정의 경우 조금 울기도 했다. 나는 그저 아주 작은 인정을 받고 싶었던 건데, 하며.

다함은 사실 그렇게 많이 걱정하지는 않았다. 대신 몸을 쓰는 방식으로 도피했다. 땀이 흐를 정도로 춤을 추었다.

*

휠체어가 얼추 완성되었고 쌍둥이가 각각 앉아서 시운전까지 마쳤다. 쌍둥이는 관형 씨의 지휘 아래 휠체어를 밀며 백두산 할아버지를 찾았다. 할아버지는 눈을 치켜뜨며 서슬 퍼렇게 물었다. "실패했나 보지?"

'대체 어딜 봐서 치매 환자야, 다 기억하는데.'

다함은 인정했다. 네, 실패했어요. 하지만 백두산 할아버지가 뭐라 대꾸하기 전에 빠르게 말을 이었다. 하지만 애프터서비스 해드릴 거예요.

"나는 서비스 센터 놈들 말은 안 믿어. 고쳐주지도 않으면서 나보고 할 일을 안 했다고, 그래서 멍청하다고 하는 놈들이잖아."

백두산 할아버지의 퉁명스러운 대답에 다함은 응수했다.

"아뇨, 할아버지는 아무것도 안 하셔도 돼요. 그냥 가만히 앉아 계셔요. 그럼 돼요. 나머지는 저희가 다 해드릴 테니까."

"가만히?"

"네, 그것만 약속해주시면 돼요. 가만히 앉아 계실 것. 함부로 일어나 움직이고 말씀하시지 않을 것. 그러면 원하시는 걸 얻으실 수 있어요."

"원하는 것?"

"증손주 보고 이야기 나누시는 거요."

"그게 가능해? 실패했다면서."

그 말에 다함은 일부러 시원시원한 척하며 대답했다.

"실패가 더 빠른 길일 수도 있어요. 할아버지도 아시지 않아요? 오래 사셨으니까요."

백두산 나들이

"아이고, 온몸에 힘이 빠진다. 더는 못 갈 것 같다, 이 냉혈한들아. 난 정말 못 갈 것 같아."

백두산 할아버지의 말에 다함이 진저리를 치며 말했다. "할아버지가 뭐가 힘들다고 그래요. 움직이는 건 휠체어고 조종하는 건 관형 아저씨인데."

아직 일행은 항만시 시외버스터미널조차 벗어나지 못했고, 백두산 할아버지는 휠체어에 앉아서 있는 대로 신경질을 부리는 중이었다. 그리고 쌍둥이는 이 의뢰를 받아들인 순간을 저주하고 있었다. 더 쉬운 일이 있지 않았을까, 그냥 쉽게 실패를 받아들이며 머쓱하게 웃고 넘어가도 되지 않았을까. 물론 백두산 할아버지가 제시한 금액이 아주 많기는 했지만 차라리 평범한 사람들의 평범한 의뢰를 조금 더 받았더라면 어땠을까.

그때 백두산 할아버지가 다시 말했다.

"사람들이 노려보잖냐. 아까 시내버스 탈 때부터 이 양반들이 나를 마구 노려본다고. 내가 시간을 잡아먹었다며 수근대고, 욕을 하고. 나이 든 노인네한테 하는 것보다 더해."

그러더니 관형 씨를 향해, 자네는 화가 나지 않느냐고 물었다. 관형 씨는 웃으며 대답했다.

"평생 겪어도 익숙해지지 않는 일이죠."

시내버스 중에서도 저상버스를 골라 타느라 한참 시간이 걸린 일행은 시외버스터미널에 와서도 우두커니 대기해야 했다. 전동 휠체어에 오른 채로 탈 수 있는 시외버스가 한 대밖에 없다는 사실을 쌍둥이는 관형 씨와 이곳에 오기 전까지 전혀 알지 못했다. 노선별 한 대씩도 아니고, 서울에서 항만시까지의 노선 중 단 한 대뿐이었다. 나머지 버스에는 아예 탈 수 없었다.

"항만시만 그렇지 않을까요? 작은 도시라……."

다함이 소심하게 묻자 관형 씨는 고개를 저었다. 저상버스나 휠체어 리프트가 달린 시외버스를 운행하는 회사는 단 한 군데도 없다고. 서울 가는 노선도 작년에야 신설되었고, 그래서 차량 면허가 없는 자신은 평생 한 번도 혼자서 항만시 밖으로 나가본 적이 없었다고.

"그리고 여기저기서 저상버스 그냥 없애버리라고 난리래요."

"왜요?"

"유지비가 많이 들어서요. 어차피 장애인들이 별로 타지도 않는데 굳이 운행해야 하냐고. 웃긴 건 버스회사보다도 일반 승객들이 더 반대한다는 거예요. 자기들은 필요도 없는 비싼 버스 굴리느라 차표값 올라간 거 아니냐면서."

마침 시외버스가 왔고 휠체어 두 대가 버스에 천천히 올랐다. 사람들이 괜히 헛기침하거나 인상을 찌푸리는 것 같은 느낌이 자신의 착각이기를 다정은 바랐다. 다정은 관형 씨가 가르친 대로 백두산 할아버지의 휠체어를 고정해주었다. 서울로 가는 도중 휴게소에 들를 기회가 한 번 있었으나, 휠체어를 탄 이들은 주어진 시간 내에는 화장실조차 갈 수 없었다. 쌍둥이는 왠지 저희끼리만 가기 미안해져서 요의를 꾹꾹 참으려 했지만, 이를 눈치챈 관형 씨가 할아버지 요기할 거리 좀 사 오라고 부탁한 덕분에 나갈 수 있었다.

"내가 너무 바보 같았다는 생각이 드네." 백두산 할아버지가 좋아할 만한 꽈배기를 사서 버스로 돌아오는 길에 다정은 다함에게 들리지 않도록 중얼거렸다. 그러고는 속으로만 말을 이었다. 시간을 넘나드는 타임머신을 만들고 부주의하게 써먹으면서도 사실은 세상이 단선적이라고 착각하고 있었던 게 부끄럽다고. 자신은 세상만사를 다 알고 있다고 착각했고 그런 자신을 증명하고 싶어 안달이 나 있었지만, 사실은 아무것도 모르고 있었다고. 다함에게도 말하고 싶었다. 물론 이런 진지한 이야기를 꺼내기에는 용기가 없었지만.

그때 다함이 먼저 입을 열어 큰 소리로 다정을 불렀다.

"있잖아, 웃지 말고 들어."

"무슨 말을 하려고?"

"음…… 나 오늘 좀 쪽팔린다?"

"뭐?"

"관형 아저씨랑 백두산 할아버지랑 다니는 게 쪽팔린다는 게 아니니까 오해하지 말고. 다른 얘기야."

"무슨 얘기?"

"나는 살아온 기간이 너무 짧잖아. 많은 사람을 만나지도 못했고 가본 곳도 별로 없고."

"그거야 나도 똑같지."

"사람들이 오늘 우리를 보는 눈빛들을 마주하는데, 처음에는 화가 났어. 휠체어 때문에 오래 걸리는 거, 백두산 할아버지가 귀가 안 좋아 어쩔 수 없이 크게 말씀하시는 거, 그런 것들은 두 분한테는 어쩔 수 없는 거잖아. 다른 사람처럼 살려면 어쩔 수 없는 거잖아. 그런데 왜 그렇게 티 나게 기분 나빠 하는 거지? 왜 면박을 주는 거야?"

다함은 잠시 숨을 고르고 다시 말을 이었다.

"그런데 화를 내다가 갑자기 그런 생각이 들더라. 나는 그렇게 상처를 줬던 적이 없을까? 지금 내가 당사자의 입장이 되었기 때문에 체감하는 거지만 그전에는 별로 상상해보지 않았던 것 같아, 세상에 얼마나 많은 사연이 있는지. 너는 어땠는지 모르겠지만 나는 그랬어. 사실 이제야 후회가 되는 거야. 너랑 같이 과학책 읽고 발명하는 것도 좋았는데, 사람들 사연을 더 많이 공부했어야 한다는 생각이 들어."

"넌 그런 거 잘 알잖아. 만화도 많이 보고……. 나야말로 정말 모르지."

둘은 버스 문 앞에 다다랐다. 버스 기사가 앞에서 스트레칭하고 있었다. 다함은 자기 몫의 꽈배기를 먹지 않고 기사에게 건넸다. 기사는 이 버스에 휠체어를 태운 게 처음이라고 말했다. 저상버스에는 화물을 실을 수 없어서 회사가 손해를 많이 본다고도 덧붙였다. 아마 곧 버스를 중고로 팔고 다시 일반 버스만 운행할지도 모른다고. 화물이 먼저인가 사람이 먼저인가. 쌍둥이는 동시에 생각하며 고개를 대충 주억거리고 버스에 올랐다. 관형 씨가 손을 흔들었다. 백두산 할아버지는 꽈배기가 질기다며 불평했다.

*

일행은 입김이 펄펄 나오는 밤이 되어서야 지후의 학교 앞에 도착했다. 높은 담장은 여전히 견고했다. 다함은 점프 시점을 입력했다. 다정은 백두산 할아버지의 손을 잡고 말했다. "할아버지, 이제 막 눈앞이 흔들리다가 갑자기 과거로 갈 건데 놀라시면 안 돼요. 할아버지가 치매 환자가 아니었다면 나는 절대로 할아버지한테 비밀 오픈 안 했어요."

그러자 백두산 할아버지는 대답했다. "그럼, 내가 치매인 게 능력이란 말인가?"

"그렇고말고요. 할아버지가 치매 아니었으면 시간 여행 못 하시는 거예요."

"그럼 내가 다른 사람보다 나은 거야?"

"맞아요, 훨씬 뛰어나신 거죠."

"처음이네, 그런 말 듣는 거. 진심은 아니겠지만 들으니까 기분은 좋네."

"진심이에요. 할아버지, 이제 눈 감으세요. 멀미 날 수도 있어요."

모두가 안전하게 점프했다. 분명 조금 전만 해도 해가 진 지 오래인 학교 담장 아래였는데, 지금은 막 해가 뜬 새벽이었다. 백두산 할아버지는 껄껄 웃음을 터뜨렸다. 너무 재미있다며 또 하고 싶다고 야단이었다.

쌍둥이는 교문 쪽을 바라보았다. 이미 교문은 활짝 열려 있었다. 급식을 준비하는 사람들과 청소를 의뢰받은 사람들이 드나들어야 하기 때문이다. 노동강도가 워낙 세서 사람은 자주 바뀌었고, 자주 바뀌는 사람을 모두 확인할 수 없기 때문에 학교에서는 새벽에 문을 열어두었다. 어차피 새벽에는 그런 노동자들 말고는 거리를 나다니지 않을 거라 생각했던 것 같았다.

덕분에 일행은 학교 안에 쉽게 침입했다. 상담실까지 가기 위해서 계단을 한 층 올라야 했고, 엘리베이터가 없어서 다정이 땀을 뻘뻘 흘리며 백두산 할아버지와 관형 씨를 모두 업어 날랐다. 다함은 전동 휠체어를 들고 낑낑대며 뒤를 따랐다.

상담실은 여전히 지저분하며 삭막했다. 관형 씨가 낡은 커튼을 확 젖히자 아침의 빛이 창문을 지나 바닥까지 떨어져 내렸다. 일곱시가 되자 난방기가 요란하게 작동했다. 난방기가 일곱시부터 돌아간다는 사실에 쌍둥이는 이미 일하고 있을 사람들을 떠올리고 착잡해졌다. 그러나 지금은 그런 생각보다는 앞으로의 작전에 주의를 기울여야 했다.

어떻게 해야 이 외진 상담실에 수학 선생님은 따돌리고 지후만 데려올 수 있을지 생각해내야 하기 때문이다. 이번에는 지후 혼자 와야 했다. 홀로 백두산 할아버지를 마주해야 했다. 할아버지의 주장이 진실이든 아니든 간에.

다정이 말했다.

"누가 오는 소리가 들려."

다함이 대답했다.

"거의 다 왔어."

다정이 상담실의 문을 열고 뛰쳐나갔다. 손에는 항만시에서부터 준비해 온 것을 쥔 채였다.

다정이 만점을 받은 바로 그 시험지. 그중에서도 다정이 별표를 친 문제는 수학 선생님이 학생들을 좌절시키기 위해 냈던 마지막 서술형 문제였다.

"선생님!"

다정이 수학 선생님의 앞을 가로막았다. 수학 선생님은 다정을 무시하려고 했으나 다정이 그의 눈앞에 그 문제가 잘 보이도록 시험지를 들이밀었다.

"저 이 문제 못 풀겠어요."

"너 몇 학년 몇 반이니? 미안한데 이따 오면 안 될까? 그리고 지금 수업 시간이잖아. 왜 밖에 나와 있어?"

"학원 선생님도 과외 선생님도 못 풀어서 학교 선생님들한테 가져갔는데 다 못 푸신대요. 선생님밖에 안 남아서 찾아왔어요. 죄송한데 저 진짜 이거 풀이가 궁금해서 미칠 것 같아요."

수학 선생님의 눈이 움직였다. 잠시 고민하는 듯하다가 말했다.

"그 시험지 주고 다음 쉬는 시간에 올래?"

"설마 못 푸실 것 같아서 시간 버는 거예요? 싫어요, 지금 안 풀어주실 거면 못 푸신다고 생각하고 그냥 가고요. 친구 과외 선생님한테 물어봐야 하나……."

다정은 자기 학교였다면 절대 하지 못했을 반항적인 말을 했다. 수학 선생님이 기가 막힌다는 표정을 짓더니 이내 지후의 손을 놓았다.

"지후야, 저기 상담실 보이지? 들어가 있어. 선생님도 곧 갈게."

문제지를 차가운 벽에 댄 채 미래의 자신이 출제한 문제를 끙끙대며 풀고 있는 수학 선생님의 정수리를 바라보면서, 다정은 문득 증명이라는 단어를 생각했다. 평소에 관심있던 수학적 증명 같은 게 아니라 '자기 증명'이라는 행위와 욕구에 대해.

그러고 보면 사실 모두가 그런 욕구를 가지고 있었다. 각자 다른 방식으로 발현하는 것뿐. 그리고 슬프게도 대부분의 사람은 자신에게는 너그러운 반면 남에게는 가혹했다. 남의 욕구는 섣부르게 판단하거나 평가하려 들었다. 다정 자신은 말도 안 되는 거짓 의혹을 받았고, 다함은 나대는 골 빈 애라는 말을 여기저기서 들었으며, 의뢰인들은 돈을 써가며 과거의 기록을 바꿔달라고 부탁했다.

지금 눈앞에 있는 수학 선생님도 마찬가지였다. 쌍둥이의 학교로 오기 전, 이 학교에서 유력 정치인의 아들을 방치했다는 책임을 떠안고(물론 자신도 잘못한 게 있었지만) 쫓겨나야 했던 사람이다. 그러니 자신을 다시 증명하는 것에 얼마나 공을 들여야 했을까.

다정은 쓴웃음을 지었다. 아직도 이 모든 일의 시작이 자신의 점수 때문이라고 다정은 믿어 의심치 않았다. 그날 백 점을 맞지 않았다면 아빠가 쓰러지지 않았을 거라고.

다정은 손목시계를 슬쩍 보았다. 이십분이 넘어가고 있었다. 아마 상담실에서는 백두산 할아버지와 지후 사이의 대화가 얼추 이루어졌을 터였다. 이제 오분 정도만 더 있으면 지후의 아버지가 난동을 부릴 거고, 어차피 상담실 안은 발각되지 않을 테니 괜찮았다. 그는 자신의 자존심이 중요하지 아들이 중요한 사람은 아니니까. 그렇게 난동을 부리면서도 아들을 찾지 않는 걸 이미 다 보지 않았는가.

'그나저나 이 사람은 본인이 이십분 걸려도 못 풀 문제를 출제한 거야?'

복도는 서늘했지만 수학 선생님의 목덜미에는 땀방울이 송골송골 맺혀 있었다. 그 뒤로 오분 정도 더 지났을까.

"이야, 이거 정말 재밌는 문제네……. 겨우 풀었다."

수학 선생님이 희열 가득한 목소리로 말하며 다정을 돌아보았다.

"이거 어디 문제야? 어디서 받았어?"

"저도 친구한테 받은 거예요."

"과학고 같은 곳에서 낸 문제인가? 진짜 처음 보는 유형인데?"

다정은 몰래 손가락으로 연도와 학교 이름이 적힌 첫 장을 슬쩍 빼서 구겨버렸다. 알아채지 못한 수학 선생님은 신이 난 표정으로 풀이를 설명하려 들었다.

그러나 멀리 복도에서 지후 아버지의 고함이 울려 퍼졌고 곧 수학 선생님의 핸드폰이 마구 울렸다. 난장판이 된 공개수업 자리에서 교감이 건 전화였다. 수학 선생님이 전화를 받자 당장 애 데리고 올라오라는 서슬 퍼런 말이 수화기 너머의 다정에게까지 들렸다. 수학 선생님은 알겠다고 대답하며 전화를 끊고 다시 다정에게 풀이를 설명하기 시작했다.

"선생님, 올라가셔야 하는 거 아니에요?"

다정이 물었으나 수학 선생님은 아랑곳하지 않고 풀이를 이어나갔다. 수학 선생님의 문제 설명은 십분 정도 더 걸렸다. 풀이는 아주 깔끔했고, 놀랍게도 다정의 것과는 전혀 다른 방식이었다.

수학 선생님은 몹시 즐거워 보였다. 목에 핏대를 세우며 문제에 어떤 개념들이 적용되었는지 세세하게 설명했고 대체 어디서 난 문제냐고 다정에게 거듭 캐물었다. 이렇게 재미있고 기발하면서 폐부를 찌르는 문제는 처음 본다고. 심지어 전혀 색다른 유형이라 사교육기관에서 치열한 훈련을 받은 학생들도 이 문제는 풀기 힘들 거라며 흥분했다.

"나도 꼭 이런 문제를 내보고 싶었어. 개념을 제대로 숙지하지 않고 기계적인 풀이만 익힌 애들은 절대로 이런 문제를 완벽하게 풀 수가 없어. 진짜 어디서 난 문제지?"

선생님이 내신 건데요, 다정은 속으로 대답했다. 겉으로는 대충 주워섬겼다. "어, 제 친구네 학교 기출문제라는데……."

"이 인근 학교 기출은 나도 다 봤는데?"

"아, 지방 사는 친구예요. 항만시라고……."

수학 선생님은 눈을 둥그렇게 떴다. 항만시를 처음 들어볼 수도 있겠다고 다정이 너그러이 생각하려는데, 수학 선생님은 다정의 대답을 기다리지 않고 말했다.

"이 문제 출제한 선생님이랑 연락할 방법은 없나?"

"네?"

"어떻게 이런 문제를 내는지 인사라도 하고 싶네. 나도 항상 이런 문제를 내고 싶었는데. 교과서 개념으로 학원이나 과외 뒤통수를 치는 문제, 개념 제대로 숙지 안 하고 문제 푸는 꼼수만 익힌 애들한테 뭐가 중요한지 알려주는 문제……."

"연락하면 뭐라고 하시게요?"

"그냥 문제가 너무 좋았다고 말씀드리고 싶어서. 리스펙
한다고."

다함이었다면 힙합 신에서 자주 쓰이는 그 단어의 사용
에 큰 거부감이 없었을 것이나, 힙합 신에 대해 알 리 없는
다정은 존경한다는 말을 굳이 리스펙이라는 영단어로 바
꿔 말하는 수학 선생님에게 다시금 지긋지긋하다는 생각
을 했다. 그렇다고는 해도 이전의 반감과는 조금 달랐다.

"이런 문제가 꼭 필요해. 공교육을 충실히 받고 교과서
를 잘 본 애들이 득을 볼 수 있는 이런 문제들이 시험에 많
이 나와야 하는데……. 나도 이런 문제를 많이 내고 싶었는
데……."

"내시면 되죠, 왜 못 내요?"

다정이 불쑥 묻자 수학 선생님은 중얼거렸다. "무슨 항
의를 받으려고……. 내가 내봤자 위에서 다 짤려."

수학 선생님의 모습에서, 이전에는 알지 못했던 그의 열
망 같은 걸 다정은 감지할 수 있었다. 저 사람이 조금은 오
해받고 있었을지도 모른다는 생각도 했다. 학생들, 특히 상
위권일수록 수학 선생님을 잘난 체하고 학생 깔아뭉개려

안달 난 사람 정도로 여기고 있었다. 하지만 사실 수학 선생님은 정말로 무언가 옳다고 생각되는 걸 실현하려 노력해보는 중이었을지도 몰랐다.

물론 협박에 굴복해서 다정의 아버지가 아들 잘 봐달라고 했다는 있지도 않은 사실을 증언한 건 여전히 용서할 수 없었지만.

수학 선생님의 핸드폰이 다시 울렸다. 당장 올라오라는 고함이 수화기 밖까지 새어 나왔다. 수학 선생님은 정신을 차린 듯 허겁지겁 뛰어갔다. 뛰면서도 뒤를 돌아보며 다정을 향해 소리쳤다. 항만시에 있는 학교라고 했지, 라고.

다정은 고개를 끄덕이며 손을 흔들었다.

*

걱정하지 않았다면 거짓말일 것이다.

다함은 정말 많이 걱정했다. 솔직히 백두산 할아버지처럼 나이가 많은 어르신들에 대한 편견이 없었다면 거짓일 것이다. 손주가 평생 일반적인 수치보다 낮은 지능을 가지고 살아야 한다면 조부모는 그 아이를 과연 있는 그대로 사랑해줄까?

그러나 백두산 할아버지는 그런 걱정을 무색하게 만들었다. 지후가 상담실에 들어오자마자 할아버지는 지후 쪽으로 가기 위해 발버둥 쳤다. 관형 씨의 조종을 기다리지 못하고 급하게 굴었다. 마침내 손이 닿는 곳에 도달하고 나서는 지후를 안고 엉엉 흐느꼈다.

그리고 지후는 아무런 설명을 듣지 못했는데도, 일단 백두산 할아버지의 마른 등을 토닥였다. 그러면서 온화한 미소를 지으며 다함과 관형 씨를 번갈아 응시했다.

"우는 사람은 안아줘야 한다."

따뜻한 말을 마치 표어처럼 딱딱하게 읊으면서. 그 말이 가정폭력에 시달리던 지후의 엄마가 지후에게 외우도록 한 문장이란 걸 그때 다함은 미처 알지 못했다.

백두산 할아버지가 지후의 귓바퀴에 대고 뭐라 입을 달싹이자 지후가 고개를 끄덕였다. 할아버지는 지후의 허리를 더 세게 껴안았다.

지후가 헤헤 소리를 내며 웃었다. 백두산 할아버지의 몸은 지후의 절반 정도밖에 되지 않았다. 휠체어에 앉은 상태라 앉은키는 지후의 가슴팍까지도 오지 않는데, 지후는 몸을 숙여 할아버지의 성긴 백발에 얼굴을 묻었다.

"자리 피해드리는 게 좋을 것 같아."

관형 씨의 말에 다함은 고개를 끄덕였다. 다함이 지후 쪽으로 향하자 지후는 조금 놀라는 것 같았는데 관형 씨가 가까이 다가서자 그러지 않았다. 혹시 원래 알던 사이냐고 웃으며 농담하자 관형 씨는 어깨를 으쓱했다.

"전혀 아닌데요."

"그런데 아저씨를 엄청 편하게 생각하는데요?"

관형 씨는 대답했다.

"아마 그것도 제 능력인가 봐요. 두 분이 말했던, 사람들은 잘 모르는 능력."

다함은 상담실의 문을 열었다. 다함이 나갈 때 아무 반응 없던 지후는 관형 씨가 나가려고 하자 문 앞을 막아서고 통 보내주려 하지 않았다. 다시 올 거라고 아무리 말해도 지후는 고개를 완강히 저었다. 그러나 왜 이렇게 관형 씨의 부재에 민감하게 반응하는지 아무리 물어도 속 시원히 대답하지 않았다.

"일단 자네는 나랑 여기 있어야겠네."

백두산 할아버지의 말에 관형 씨가 고개를 끄덕였다. 다함은 머쓱한 표정을 지으며 복도로 나왔다. 성새쥐가 있었지만 왠지 그걸 쓰면 안 될 것 같았다. 프라이버시니까.

"관형 아저씨한테 나중에 물어보면 되겠지, 무슨 일이

있었는지.”

뒤늦게 무슨 상황인지 전해들은 다정의 말에 다함은 고개를 끄덕였다. 문득 무언가 생각난 듯 다정이 다함을 불러 세웠다.

“너, 아직도 관형 아저씨 짝사랑하냐?”

다함이 뜨악한 표정으로 다정을 보더니 말을 뱉었다.

“뭐래.”

“아니, 그때 너 진심이었잖아.”

“관형 아저씨의 고등학생 시절에 진심이었던 거지 지금은 그냥 아저씨잖아. 아저씨 상태일 땐 좋아한 적 없어.”

“지금도 멋있으신데.”

“질문의 의도가 대체 뭔데?”

다정은 대답 없이 웃기만 했다. 그러니까 다정은, 절대 솔직히 말할 수는 없겠지만 사실 다함이 부러웠다. 아빠가 쓰러지고 백 점짜리 시험지 때문에 말도 안 되는 모함을 받으면서 다정은 자신이 웃어서는 안 된다는 생각을 하곤 했다. 즐거워서도 안 되고, 뭘 욕망해서도 안 된다고. 자신이 무슨 죄를 지었는지는 몰라도 하여간 큰 잘못을 해서 이런 일들이 터지는 것만 같고, 그 와중에 즐거워하기라도 한다면 그건 염치가 없는 일이라고 생각했다. 그러나 다함을 볼 때마다 위안이 되었다. 뻔뻔하게 누군가를(심지어 과거에 존재하는 인물을) 좋아한다는 말을 할 때. 그리고 남들 앞에서 몸을 털며 춤을 출 때.

물론 그런 다함도 속으로는 곪아가고 있을 거라는 건 다정도 알고 있었다. 그런 다함을 두고 수군대는 사람들은 또 얼마나 많을지도. 그러나 어쨌든 다함의 존재는 지금껏 다정에게 꼭 필요한 위안이었다. 게다가 사람들이 수군대는 걸 무시하는 방법도 다함에게 조금은 배운 것 같았다.

"이거 끝내고 나면 백두산 할아버지가 돈을 왕창 주시겠지."

다정이 화제를 돌리자 다함이 아싸, 하며 손을 휘저었다. 다정이 말을 이었다.

"돌아가면 다음 시험도 백 점 맞을래. 수학 말고 다른 과목도 최대한 잘 볼래."

"정신 나갔냐? 아빠가 아예 못 일어날 거라고 생각하는 건 아니지, 너?"

"절대 아니야, 절대!"

"그럼?"

"그게 아니라, 남을 해하지 않고 사는 사람이라도 어차피 피해받는 것 같다는 생각이 들어서야." 다함은 말했다.

"너무 슬프지만 그래. 그게 현실이야. 아빠는 조금 잘못 생각한 거 같아. 똑똑해서 시기를 받고 피해 본 건 맞지만, 그것보다 더 중요한 건 아빠가 누굴 해할 사람이 아니었다는 거지. 우리 의뢰인들도 다 그래. 나쁜 민환 빼고."

"그래서 너는 이제부터 그렇게 살겠다는 거야? 미쳤어?"

"미쳤겠냐? 최대한 그렇게 안 살기 위해서 내 능력을 다 써보겠다는 거야."

다정이 대답하자마자 위층에서 소란이 일어났다. 지난번 왔을 때와 달랐다. 지난번에는 책임자를 소환하라는 연락에 상담실에 있던 수학 선생님이 지후를 내버려둔 채 올라갔었다. 그런데 지금은 문제에 정신 팔려 지후의 존재를 잊은 듯한 수학 선생님이 막 올라간 후였다. 그리고 귀 기울여 들어보니 여러 사람이 상담실 쪽으로 내려오고 있는 것 같았다. 가장 선두에 선 사람은 가장 목소리가 큰 사람인 것 같았고.

그는 지후의 아버지, 염경혁이었다.

"큰일났다."

다정은 자신의 호흡이 가빠지는 것을 느낄 수 있었다. 불안감이 엄습했다. 아빠가 쓰러진 이후로, 아니 백 점짜리 점수를 받아서 아버지에게 꾸지람을 들은 이후로 수면 밑

모래처럼 잔잔히 쌓이던 불안이 일순간 융기하는 느낌이었다.

나비효과다.

다정은 공포에 질려 생각했다. 내가 잘못 움직인 과거가 피할 수 없는 산사태가 되는 순간. 수학 선생님을 미리 올려보내지 않았더라면, 차라리 어디 화장실에 가두기라도 했더라면, 그랬다면 지금 사람들이 여기로 몰려올 일은 없었을 텐데.

"어떻게 해? 점프해야 하나?"

다함이 속삭였다.

"이렇게 갑자기? 아직 하실 말씀 다 못 했을 텐데."

"상담실 문을 안에서 잠가야 하나?"

"그럼 지후한테 피해가 가잖아. 왜 문을 잠갔느냐고 나중에 엄청 혼날 거야."

"그럼 어떻게 해?"

그때 상담실 문이 삐거덕 소리를 내며 열렸다. 관형 씨가 슬쩍 밖을 내다보았다.

"무슨 일이에요?"

쌍둥이에게 자초지종을 들은 관형 씨는 말했다.

"내가 해결할 테니까 일단 여기 들어가 있어요. 그리고 예전에 내가 했던 얘기 잊지 않았죠? 혹시 휠체어가 원을 세 번 그리면 일단 먼저 할아버지 모시고 원래 시간대로 돌아가라는 얘기. 꼭 따르도록 해요."

*

백두산 할아버지의 재능이 망각이라면, 관형 씨의 재능은 쇼맨십과 커다란 목소리 그리고 장대한 상체 기골이었다. 그런데 이상했다. 돌이켜보면 분명 학창 시절 관형은 그런 사람이 아니었던 것 같은데. 처음 쌍둥이에게 의뢰하던 때의 관형 씨도.

상담실 복도로 내려온 사람들이 휠체어를 보고서는 우뚝 멈추었다. 쌍둥이는 관형 씨가 시키는 대로 상담실 안에 숨어 성새취를 대고 바깥을 관찰하는 중이었다. 그러고 보니 둘은 언제나 밖에서 안을 들여다보기만 했는데 처음으로 더 안전한 곳에서 밖을 관찰하는 중이었다. 지후와 백두산 할아버지는 무슨 일이 일어나는지에는 별 관심도 없는 것처럼 둘만의 세계에 여전히 빠져 있었다.

"어떻게 들어오셨습니까? 외부인은 학교에 들어오시면 안 됩니다."

가장 먼저 입을 연 사람은 교감이었다. 그러자 관형 씨가 재미있는 구경거리라도 있을까 싶어 뒤따라 몰려온 학부모 무리를 손가락질하며 물었다. "저 사람들은 외부인 아닙니까?"

"저분들은 공개수업을 보러 오신 학부모님들입니다."

그러자 관형 씨는 기다렸다는 듯 빙그레 미소를 지으며 말했다.

"저도 공개수업 보러 온 건데 음악실로 올라갈 방법을 몰라서 여기 있었습니다."

그리고 뭐라고 말하려는 교감을 제지하며 덧붙였다.

"그런데 여기 아이 하나가 갇혀 있더라고요. 제가 들었는데, 학교에서 여기 갇혀 있으라고 시킨 거라 합니다. 제가 사진으로도, 영상으로도 다 기록했습니다. 학교 명예를 아주 드높일 수 있겠어요."

그러자 지후의 부모 그리고 교감과 교장이 소리를 질렀다. 동시에 번쩍하고 플래시가 터졌다. 그 빛이 성새쥐를 통해서도 그대로 전해져서 쌍둥이는 눈을 깜박여야 했다. 그래도 잔상이 남았다.

무언가 알 수 없는 물체를 든 관형 씨가 씩 미소를 지었다. 그러고는 휠체어를 돌려 도망치기 시작했다. 모두가 관형 씨를 쫓아 뛰었다. 역시나 아무도 상담실에는 들어오지 않았다. 지후의 부모마저도.

그때 백두산 할아버지의 휠체어가 움직이는 소리가 났다. 관형 씨가 원격으로 조종하는 모양이었다. 휠체어의 바퀴가 원을 그리며 움직였다. 바깥의 흙과 물기를 잔뜩 묻혀 온 바퀴가 세 차례 돌았다.

"안 돼!"

다함이 소리를 빽 질렀다. 다정은 당황해서 백두산 할아버지를 바라보다가 말했다.

"할아버지, 이제 우리 돌아가야 할 것 같아요."

"그래."

백두산 할아버지는 의외로 순순히 대답한 반면 울상이 된 건 지후였다. 할아버지는 지후를 안아주면서 말했다.

"다시 만날 거야."

지후가 고개를 끄덕였다. 다정은 점프 시점을 입력했다. 다함은 점프했다가 바로 돌아와야 한다고 난리였다. 와서 꼭 관형 아저씨를 다시 데려갈 거라면서. 그러나 일단 지금은 가능한 사람 먼저 빨리 도망치는 게 중요했다.

그래도 점프하기 전 교문 밖까지는 나가야 했다. 다정이 백두산 할아버지를 업으려고 하자 그 앞으로 지후가 쑥 나서더니 자기 등을 대신 내어 보였다.

할아버지는 지후의 등에 업히며 다정에게 말했다. "네가 휠체어 가지고 와라."

그리고 네 사람은 무사히 교정을 벗어났다. 아무도 건드리지 않았다. 관형 씨가 이미 무리를 이끌고 그들이 보이지 않을 곳으로 벗어났기 때문이다.

*

다시 점프했을 때에는 놀랍게도 그 자리에 관형 씨가 있었다.

다함이 펄쩍 뛰며 외쳤다.

"뭐예요?"

다정도 놀라서 물었다.

"설마 아저씨도 점프할 줄 알아요?"

"왜요, 나도 타임머신 발명할 줄 알까 봐서요?"

다정은 정곡을 찔린 듯 입을 다물었다. 그런데 다함이 문득 무언가를 발견했다.

"아저씨, 옷이 바뀌었네요. 원래 입으셨던 옷이 아닌데요?"

일년을 연고 없는 지역에 혼자 살기로 결정한 사람의 각오를, 쌍둥이는 아무리 헤아리려 노력해도 불가능했다.

"사실은 의뢰 완료되고 얼마 안 있어서 부모님이 돌아가셨거든요. 이제 완전히 혼자가 된 거죠. 그러다가 두 분한테 점프 얘기를 들었고, 서울에 가 머물면서 들키지 않게 가끔 부모님을 보러 다녀온다면 괜찮지 않을까 생각했어요. 어차피 일년밖에 차이가 안 나잖아요. 일년만 외로움을 버티면 여러분을 다시 만나서 다시 돌아올 수 있는 거잖아요."

그러나 관형 씨는 막상 기다리는 동안 외롭지 않았다고 덧붙였다.

"사실 항만시에는 인구가 너무 적잖아요. 그러니까 휠체어를 탄 사람도 적고. 덕분에 서울 와서 같이 시위도 하고 여기저기 놀러도 다녔어요. 제가 항만시 출신이라는 게 많은 도움이 됐죠. 다들 거의 이동을 못 하니까, 서울 친구들은 지방 사정을 잘 몰랐거든요. 그걸 알게 되니 더 많은 의논과 의견 제기를 할 수 있었어요."

"말도 안 돼요." 다함이 먼저 말했다. "유실된 사람이 있으면 시간은 움직이지 않는다고요."

"유실물이 있을 땐 그렇죠. 하지만 생각해봐요, 나는 그 어느 시간대에도 존재하지 않은 적이 없어요. 두 군데에 동시에 있을 수는 있겠지만 부재했던 적은 없다고요.”

맞는 말이었다. 관형 씨는 코끝을 훔치며 말했다.

“오늘 여기서 좀 오래 기다려서 너무 추운데, 이제 그만 고향으로 돌아가면 어떨까요?”

화를 내야할지 멋있다고 해야 할지. 차마 정할 수 없어서 쌍둥이가 멀뚱멀뚱 서 있자 백두산 할아버지가 가만히 눈을 껌벅이며 불현듯 물었다.

“자네는 누군가?”

쌍둥이가 서로의 얼굴을 바라보며 입을 쩍 벌렸다. 관형 씨가 휠체어를 움직여 백두산 할아버지에게 다가가더니 얇은 살갗을 살짝 꼬집었다.

“이 할아버지가! 잔금 안 주려고 사기 치지 말아요.”

“들켰네.”

“나랑 일년 동안 편지를 그렇게 주고받았으면서. 솔직히 말해요, 혼자서 비밀 품고 있으니까 재미있었어요?”

쌍둥이가 입을 두 배로 벌렸다. 일년 동안 둘이 편지를 주고받았다고?

“그럼, 어찌나 재미있던지.”

“만약 내가 사기꾼이었으면 어쩌려고 그랬어요?”

“아직도 애들이랑 짜고 내 재산 털어먹으려고 하는 사기

꾼이라는 생각이 완전 없어지지는 않았어."

"근데요?"

"갈 때도 다 됐는데 돈을 꽁꽁 싸매봤자 뭐 하나? 그리고 일년 전 받은 그 편지 덕에 사람들 멸시를 견디면서 살았단 말이야."

다함이 끼어들었다.

"잠깐만요, 대체 무슨 말을 하는 거예요? 일년 전이면 할아버지가 우리를 알기도 전이잖아요."

그러자 백두산 할아버지가 품을 뒤지더니 꼬깃꼬깃한 편지 봉투 하나를 꺼내 들었다.

"원래는 편지가 오면 간호사들이 누가 보냈는지 확인하지. 정신이 성치 않은 노인네라 걱정해서. 하지만 내가 평소에 대학교나 연구 기관 같은 곳에 하도 편지를 한국어로도 보내고 영어로도 보내니까 이미 지친 상태였단 말이야. 그래서 이런 편지가 왔는데도 확인 안 하고 그냥 가져다주더라고."

다정과 다함은 이마를 맞대고 편지를 읽었다. 일년 후할아버지의 병실에 쌍둥이가 나타날 것이며 그 애들이 귀인일 것이다, 그 애들 덕에 할아버지의 증손주를 직접 만날수 있을 것이다, 같은 말들이 쓰여 있었다. 누가 봐도 절대 믿을 수 없을 내용이었으나 모두 사실이었다.

추신에 관형 씨는 덧붙였다.

그리고 선생님, 일년 기다리시는 동안 읽으시라고 책을 좀 보내드립니다. 영어 원서인데 요새 아주 주목받는 책이라고 하더라고요.

백두산 할아버지는 일년 전 홀로 서울에 남겨진 관형 씨에게서 온 편지 때문에 쌍둥이를 기다리고 있던 것이다.

예상치 못한 결과

"그게 가능해?"

"몰라, 우리 논리 공부를 더 해야 하는 건가? 아니면 이런 것도 우주 차원에서는 그냥 미물의 일이라서, 설명 불가능해도 우주 입장에서는 별로 신경 쓰이지 않는 건가?"

쌍둥이는 학부모들이 극성이던 바로 그 시간의 남자 화장실로 돌아와 칸 안에 숨어 서로를 향해 속삭였다. 바깥은 이상하게 조용했다. 분명 점프하기 전에는 교사들이 교실에 제대로 들어오지 않은 탓에 화장실 밖이 제법 시끄러웠는데. 그래서 더 목소리를 낮추게 되었다.

순간 다함의 핸드폰이 짧게 진동했다. 핸드폰을 본 다함이 흡 소리를 내며 입을 틀어막았다. 다정이 왜 그러냐고 묻자 다함은 대답 대신 핸드폰을 보여주었다.

관형 씨에게서 온 메시지에 링크가 달려 있었다. 눌러보니 기사 하나가 나왔다.

[1년 전 오늘] 유력 정치인의 교내 난동과 '휠체어 전사'의 맞대결, 무슨 일이 있었을까?

기사를 읽어보니 아무것도 변한 것은 없었다. 당시에 그 사건은 일종의 소동으로 보도되었고 유력 정치인은 당연히 별 제재 없이 귀가했다. 정치인에게는 오히려 동정표가 쏟아졌다. 그 정치인은 여전히 서울시장 후보였다.

그러나 그 사건을 꺼림칙하게 여기는 이들이 있었다. 이 기사가 올라온 이유도 마찬가지였다. 왜 이런 일이 벌어졌는가. 과연 정치인의 해명은 그 자체로 진술한가. 기자는 덧붙였다. '휠체어 전사'는 이후 서울 시내의 수많은 현장에 나타나 접근성에 대해 성토했다. 그가 굳이 그 학교를 택한 이유는 무엇이었을까.

관형 씨에게서 메시지 하나가 더 왔다.

나름 열심히 살았죠? 아무것도 깨지지 않는다고 해도 아주 작은 균열 정도는 낼 수 있지 않았을까요? 너무 미천한 존재라서 나비효과 같은 건 못 만들지만 티끌 모아 태산이라고 하잖아요.

바깥은 여전히 고요했다. 불안해진 다함이 얼른 화장실 밖으로 뛰쳐나갔고 그 뒤를 다정이 따랐다. 분명 점프하기 전에는 화장실 앞의 교실 역시 선생님 없는 무법지대였는데, 지금은 모두 다소곳하게 앉아 꾸벅꾸벅 졸고 있는 중이었다. 다음 교실도, 그다음 교실도 마찬가지였다.

모든 반에서 수업이 진행되고 있었다.

"우리 설마 지금……."

쌍둥이는 서로의 얼굴을 바라보며 소스라쳤다. 호형 씨가 절대, 절대 하지 말라고 했던 짓을 저지르는 중이었다.

"우리 지금, 무단으로 수업 땡땡이친 거야?"

*

"아니, 너희 쌍둥이는 평소에 서로 아는 척도 안 하더니 땡땡이는 왜 또 같이 치는 건데? 갑자기 베프라도 된 거야?"

복도에서 마주친 쌍둥이를 교무실로 끌고 온 학년 부장이 팔짱을 끼며 말하는 동안 다함은 다정을 힐끔힐끔 쳐다

보았다. 지금 학년 부장이 중요한 게 아니었다. 학년 부장의 옆자리가…….

"성다정, 이번 수학 시험 백 점 맞았다고 수학 선생님이 얼마나 좋아하셨는데, 벌써 그 신뢰를 와르르 무너뜨리는 거야?"

"네? 아니…….”

"내가 너 기고만장해질까 봐 이런 말 안 하려고 했는데 다정이 너, 수학 선생님이 얼마나 네 칭찬을 한 줄 알아? 수학 시험이 아주 쉬웠다고는 하지만 어쨌든 처음으로 백 점 맞은 거니까. 근데 어떻게 다른 수업도 아니고 수학 시간을 쨀 수 있어? 생기부에 무단 결석 하나라도 찍히면 얼마나 치명적인지 몰라서 그래?"

"그…….”

"그리고 다함이 너라도 정신 차려서 다정이 챙겨야지 같이 나다니면 어떻게 해?"

다함은 대충 고개를 주억거리며 기어들어가는 목소리로 말했다.

"급하게 아빠 병원 얘기 좀 하느라고요…….”

그러면서 다함은 아주 조금은 바랐는지도 모른다. "무슨 소리야?"라고 선생님이 되묻는다면 얼마나 좋을까. "아버님께 무슨 일이 있니?"라고 아무것도 모르는 사람인 듯 군다면 아빠가 쓰러졌다는 사실 역시 바뀐 것일 테니까. 그런 희망을 잠시 가졌다.

그러나 학년 부장은 아차 싶은 표정을 짓더니 고개를 끄덕였다.

"알았다. 각자 교실로 돌아가. 내가 불러서 잠깐 교무실 왔었다고 말씀드리고."

다함은 자기도 모르게 그 자리에서 울음을 터뜨리고 말았다. 다정이 두고두고 놀릴 흑역사가 될 거라고 생각했지만 아무리 노력해도 눈물이 멈추지 않았다.

왜 어떤 것은 변하고 어떤 것은 그대로일까.

관형 씨는 휠체어 전사가 되고 서울시장 후보는 예전과 달리 더 많은 반대 세력을 갖게 되었다. 그리고 무엇보다, 수학 선생님이 사라졌다. 학년 부장의 옆자리는 원래 수학 선생님의 자리였다. 복도에서 교무실로 끌려왔을 때, 예전대로라면 남들이 다들 가고 싶어 안달 난 대학교 로고가 커다랗게 박혀 있어야 할 수학 선생님의 컴퓨터 배경 화면이 달라져 있었다. 책들도 달랐다. 놀라서 교사 명패를 확인했더니 다른 이름이었다. 바뀐 수학 선생님은 지후의 담임이었던 그가 아니라 여기저기 백발이 성성하고 마른 남자 선생님이었다. 선생님은 '학원도 안 다니고 열심히 하는 기특한 학생'인 다정의 사정을 참작하고 어떻게든 도와주려 여러모로 노력 중이었다. 원래의 수학 선생님이 사라졌으므로 문제의 그 서술형도 사라지고 없었다. 다정은 유일한 백점이 아니라 쉬운 시험 때문에 어부지리로 백 점을 받은 많은 아이 중 하나가 되었다. 성적이 많이 올랐지만 남에게 질시받을 만큼은 아닌 것이다.

그런데 왜? 세상이 이렇게 바뀌었는데 대체 왜 아빠의 상태는 그대로인 걸까. 아빠 일로 이야기해야 했다는 둘의 말을 들었을 때 학년 부장이 보인 태도는 가여워하면서도 어찌할 바를 모르는 이의 어설픈 모습이었다. 아빠는 분명 아직도 병원에, 익히 그래왔던 것처럼 누워 있는 듯했다.

모든 게 바뀌었는데 왜 아빠만, 왜 우리 가족만 계속 불행한가.

문득 다함은 또 눈물이 나왔다. 아주 찰나지만 기대했던 자신이 미웠다. 성씨 가족에게만 가혹한 것 같은 세상도 미웠다. 그리고 그제야 알았다. 자신이 생기부수정단 일을 하면서 분명 어느 정도 위안받았다는 사실을. 우리 가족만 힘들고 억울한 게 아니라는 깨달음이 자신을 다독였을 거라는 사실을. 그러나 이제는…….

띠링, 핸드폰이 울렸다. 관형 씨였다.

백두산 할아버지한테 잔금 아직도 안 받았다면서요? 아버지 퇴원하시기 전까지는 가야죠. 얼마 안 남았잖아요?

퇴원이라니. 눈물이 쏙 들어갔다.

*

"아빠 깁스 벗고 집에 가면 너희 한 시간 동안 집 출입 금지야."

호형 씨가 을러대자 쌍둥이가 어이없어하면서 왜냐고 되물었다. 호형 씨는 대답했다.

"가려워 미치겠어. 너희 들어오면 냄새에 질식해 죽을지도 몰라. 아니면 깁스 안에 개미들이 삼천 마리쯤 살고 있을 수도 있어. 어쨌거나 해결하기 전까지는 못 들어와."

"우리 감기 걸리면요?"

"동네 몇 바퀴 뛰고 오면 땀이 뻘뻘 날 거다. 너희는 가만히 앉아서 머리나 굴리는 게 문제야. 나가서 운동도 좀 하고 그래. 안 그러면 나처럼 개미 보고 쓰러져서 팔다리 부러지는 멍청이 꼴 나는 거야."

그러니까, 호형 씨가 쓰러진 건 변함이 없었다. 다만 쓰러졌는데 의식은 명확히 살아 있었기 때문에 왜 쓰러졌는지 말할 수 있었다. 다정 때문이 아니었다. 설거지를 안 한 채로 개수대에 쌓아놓은 그릇들 때문이었다. 한숨을 푹푹 쉬며 그대로 누워 잠든 호형 씨는 쌍둥이가 일어나기 직전 목이 말라 먼저 깨어났고, 부엌의 불을 켜자마자 개수대의 설거지 안 한 그릇에 개미 떼가 바글바글한 것을 보았다. 그러고는 놀라서 발을 헛디뎠다. 머리나 좋지 운동신경은 전혀 없는 호형 씨는, 대체 얼마나 심하게 넘어졌는지는 모르겠으나 왼팔과 오른 다리가 똑 분질러졌다.

쌍둥이가 그 사실을 알게 된 것은 관형 씨의 메시지를 받고 부랴부랴 찾아간 병실에서였다. 그 사실을 알자마자 쌍둥이는 누가 먼저랄 것 없이 화장실로 도망쳐 서로를 부둥켜안고 엉엉 울었는데(물론 다 운 후 얼굴을 씻고 돌아와 아빠 앞에서는 아무 일도 없던 척했다), 울던 도중 다정이 문득 이상한 걸 알아차리고 물었다.

"야, 근데 아빠가 원래 의식을 잃은 게 아니라면 우리 생기부수정단도 원래 없던 일이 되는 거 아냐?"

"왜?"

"아빠 병원비랑 간병인 때문에 생기부수정단을 시작했던 거잖아. 그런데 시작할 이유 자체가 사라졌다면…… 우리가 지금까지 벌었던 돈도 다 사라진 거 아니야? 생기부수정단 같은 건 없었던 거고?"

다정은 부랴부랴 은행 앱으로 잔고를 확인했다. 정말 돈이 다 사라지고 없었다. 맙소사, 쌍둥이는 껴안은 채로 더 크게 울부짖었다. 자신들이 지금껏 했던 고생이 모두 수포로 돌아가는 건가 싶었다. 물론 아빠가 깨어난 건 너무 기쁘지만 자신들의 노력이 사라졌다고 생각하니 허망했다.

"근데 만약 그랬다면 어떻게 관형 아저씨가 우리를 알고 연락을 해?"

은행 잔고를 보고 놓쳐버린 정신줄을 먼저 다잡은 것은 다함이었다. 그제야 다정도 정신을 조금 차렸다. 마침맞게 관형 씨가 병실에 도착해 어디냐고 메시지를 보내온 참이었다. 설명은 관형 씨의 몫이었다.

"둘이서, 아빠한테 혼나면서도 말 안 듣고 의뢰 다 받아서 작업했어요. 자식 이기는 부모 없다면서. 그 일 안 했으면 아버님도 편하게 입원 못 했지. 아주 힘들게 통원 치료 받았을 거라고요. 아버님이 둘한테 졌다고 알고 있는데요, 결국."

"그럼 우리 돈이 다 없어진 건……."

"그야, 병원비를 냈으니까 없어졌죠. 그래도 백두산 할아버지한테 잔금 받으면 좀 남지 않아요?"

남았다. 간병인을 쓰던 시절, 그러니까 미래가 바뀌기 전에는 쌍둥이가 아등바등 일해도 돈이 부족했다. 하지만 지금은 조금 남았다. 어느 정도냐 하면, 퇴원까지의 병원비를 정산한 후 딱 이번 달 월세까지 낼 수 있을 만큼이었다.

호형 씨는 쌍둥이가 타임머신을 발명했다는 것도, 그걸로 어떻게든 돈을 벌었다는 사실도 이미 알고 있었다. 애써 고백할 필요도 감출 필요도 더는 없었다. 오히려 어떤 면에서는 잘된 일이었다. 호형 씨는 자식에게 그런 일을 시키게 만든 자신에게 이를 부득부득 갈며 어떻게든 열심히 살아서 만회하리라 다짐 또 다짐을 반복하고 있었기 때문이다.

아빠가 더는 무기력하게 살지 않는다면 쌍둥이는 그저 대환영이었다. 조금 더 일그러지고 어리둥절해져도 좋았다. 어차피 이제 확실히 알았으니까. 인간이 만든 세상은 물론 원래 존재하는 우주의 시간조차 생명을 닮아 얼렁뚱

땅 움찔댄다는 사실을 알게 되었으니까.

호형 씨가 퇴원하기 전날, 쌍둥이는 병실에서 티브이 채
널을 돌리다가 수학 선생님을 발견하고서 깜짝 놀랐다. 수
학 선생님은 교육 방송에 나와 자신이 출제했던 바로 그 문
제를 풀이하고 있었다.

"저거 도용 아닌가?"

다정이 중얼거렸고 다함은 영문을 모른 채 "자기가 낸
문제인데 뭐가 어때?"라고 되물을 뿐이었다.

에필로그

호형 씨는 깁스를 풀고 나서도 조금 절뚝거렸다. 단단한 깁스에 갇혀 있던 관절이 제대로 움직이지 않는다고 투덜거렸다. 쌍둥이는 호형 씨가 과거로 가고 싶다고 말할 때마다 다리가 괜찮아지면 그때 생각하겠다며 모른 척했다. 목적도 묻지 않았다. 혹시라도 과거에 가서 염씨 일가를 어떻게 하기라도 한다면 어떡하나, 두려웠기 때문이다.

"네 엄마 보러 갈 거라니까. 정말 아무 짓도 안 하고 보고만 올게."

"안 돼요, 아빠의 충동을 믿을 수 없어."

다정의 말에 호형 씨는 발끈했다.

"내가 얼마나 신중한 사람인데! 솔직히 성다정 너보다는 내가 훨씬 신중하지. 너 원래 혼자 백 점이었다며, 바뀌기 전

세상에서는 그랬다며. 그거야말로 진짜 경솔한 거 아니냐?"

아빠가 그걸 어떻게 알지? 다정이 도끼눈을 뜨고 냉장고 쪽을 바라보았다. 냉장고에서 콜라를 꺼내던 다함이 지레 찔려서는 몸을 움츠렸다. 재구나. 다정은 혀를 찼다. 이제 다함에게 그 정도 의사 표현은 할 수 있었다.

그러고 보니 물과 기름처럼 전혀 섞일 수 없어 보이던 두 쌍둥이는 이제 조금 비슷해진 것 같기도 했다. 물론 서로는 죽어도 인정하지 않을 테지만.

"됐어요, 절대 안 돼요. 아빠가 무릎 꿇고 빌어도 안 돼요. 쓰고 싶으면 사용료 내요. 십억."

"뭐 인마?"

"없죠? 없으니까 안 돼요. 아무리 자식들 거라고 해도 무단 사용은 안 돼요. 의뢰해요, 의뢰!"

다함은 먹을 걸 찾는 척 냉장고에 고개를 처박고는 쿡쿡 웃었다. 생기부수정단 활동을 한 이후 다정은 교양을 쌓겠다며 부단히 노력했다. 만화도 보고 드라마나 영화도 보았다. 그러나 하루아침에 사람이 급변할 리 없었다. 지금 당장 냉장고 안에 무엇이 있는지도 모르는데. 아빠는 다정이 알아챌 때까지 내버려두자고 했는데…….

'으음, 상해버리기 전까지 과연 알아차릴 수 있으려나.'

냉장고 안에는 아빠가 젊은 시절에 유행했던, 이제는 전혀 찾아볼 수 없는 음료가 세 병이나 들어 있었다. 슈퍼도 매점도 가지 않는 다정이 과연 이 음료가 우리 집에 있는 걸 의아해할 날이 올까. 일부러 힌트를 주기 위해 다함은 아빠가 청년이던 시절을 다룬 레트로풍 드라마 같은 걸 다정에게 추천하기도 했다. 카카오톡 프로필 사진이 그 드라마의 스틸컷으로 바뀐 걸 보면 분명 인상 깊게 보았다는 건데, 이건 알아채지 못한다니. 다함은 여전히 냉장고에 얼굴을 집어넣은 채 혀를 찼다.

물론 쌍둥이가 청출어람의 인재기는 했으나, 호형 씨도 오래 쉬어서 그렇지 쌍둥이만큼이나 비상한 머리를 가지고 있었다. 호형 씨는 타임머신을 보자마자 작동법을 얼추 알아냈고 이미 과거를 여러 번 드나들었다. 그러다 다함에게 딱 걸려서, 과거의 물건들을 사다 놓는 것으로 합의를 보았다.

호형 씨가 가져오는 물건들은 언제나 쌍둥이가 태어나기 이년 전, 엄마와 연애하던 시절의 물건들이었다. 아빠가 과거로 돌아가 무얼 하는지 다함은 알지 못했다. 지금 자신이 지내고 감각하는 현재가 아빠로 인해 바뀐 것일 수도 있다는 생각을 하지 못한 것도 아니었다. 그러나 다함은 행복했다. 일단은 그걸로 되었다고 여겼다.

그리고 쌍둥이 남동생을 놀릴 수 있어서 조금 더 행복했다. 발각된 후에는 아마 피 튀기게 싸우겠지만.

호형 씨가 티브이를 틀었다. 예전과 달리 다정이 방에 들어가지 않고 쪼르르 달려와 티브이 앞에 앉았다. 관형 씨가 메인 뉴스에 나오고 있었다. 그러다 속보가 뜨고 백두산 할아버지의 얼굴이 나왔다.

"뭐야?"

다함이 다정 쪽을 바라보았다. 다정은 뭔가 알고 있는 눈치였다.

'우리 아무래도 조금 더 친해질 필요가 있겠어.'

다함은 이를 부득부득 갈았다. 자신도 다정에게 무언가를 숨기고 있었다는 건 까맣게 잊은 채로.

그때 다함의 핸드폰이 반짝하고 켜졌다. 알림이었다.

아직 의뢰 받으시나요? 제 친구가 여쭙고 싶은 게 있다고 해서요.

첫 번째 의뢰인이었던 여원이었다. 친구? 분명 의뢰할

때는 혼자가 편하다고 했었는데, 그새 친구가 생긴 건가?
다함이 핸드폰을 들었다. 다시 메시지 하나가 더 전송됐다.

저랑 비슷한 일로 힘들어했던 친구라서요. 제가 꼭 조금이
라도 도움을 주고 싶어요. 그런데 사정이 아주 복잡해요. 미성
년자끼리는 해결하지 못할 수도 있어요. 나이 든 어른이 필요
할지도 몰라요.

다함은 마침내 냉장고를 닫았다. 으드득 소리를 내며 목
을 이리저리 돌리고서는 아직도 다정과 입씨름을 하고 있
는 호형 씨를 보았다. 아빠와 동업을 하면 어떤 기분일까.
다함은 호형 씨를 설득할 궁리를 바삐 시작했다.

소설이 온전히 작가만의 산물이라고 생각하는 사람들도 있는데 절대 그렇지 않다. 단순히 영감을 받는 정도가 아니라, 작품 소재를 내게 주고 싶어 하는 누군가와의 대화를 통해 나 혼자서는 상상하지 못했을 이야기의 씨앗이 발아할 때도 있다. 『정성다함 생기부수정단』도 그랬다. 별 대단한 아이템을 준비하지 않고 출판사 미팅에 가서는 바보 같은 표정을 지으며 수다나 떨고 있는데, 도중에 "요새 SNS에서 자기 어린 시절 생기부를 공유하는 게 인기던데, 작가님은 교사 출신이시니까 생기부로도 뭔가 재밌는 걸 쓸 수 있지 않을까요?"라는 제안을 받은 것이다. 입시 제도에 질려 교사를 그만뒀는데 생기부를 소재로 재밌는 소설을 쓰는 게 가능할까? 당시에는 아니라고 생각했다(물론 말로는 노력해보겠다고 했다. 나는 출간 계약의 기회를 게임 캐릭터의 목숨처럼 각별히 생각하는 작가니까······). 그런데 미팅을 마친 후 빨간 광역버스를 타고 자유로를 지나다 문득 나의 고등학교 시절을 떠올렸다. 그때는 생기부라는 게 대입에 있어 하나도 중요하지 않아서 어떤 내용이 쓰여 있든 다들 신경도 쓰지 않았다. 심지어 내 고등학교 생기부는 약 네 장 정도라 지금 기준으로는 이른바 '폭망'한 생기부일 것이다.

내친김에 네이버에 '생기부 장수'를 검색했더니 이런 질문이 나왔다. "생기부 열네 장이면 대학 망한 거죠?" 그러고 보니 내가 교사로 근무하던 시절 외고나 특목고의 상위권 학생들은 사십 장을 거뜬히 넘는 생기부를 자랑했던 것도 같았다.

버스에서 내릴 때쯤, 다함과 다정 남매가 내 뒤를 따라왔다.

현재 대부분의 청소년은 생기부에 목숨을 건다. 그래서 나도 가끔 중고등학교로 강연을 가면 "시간 빼앗아 미안합니다. 결국 다들 생기부 때문에 여기 왔잖아요?"라고 교사 출신만이 할 수 있는 농담을 던지곤 한다. 그럼 학생들은 "ㅋㅎ" 하고 웃는다. 크핳이나 캬핰이 아니라 "ㅋㅎ" 하고. 정말이다. 거기에는 이미 기성세대가 된 연사에 대한 불신이, 그럼에도 용감무쌍하게 생기부라는 금기의 단어를 뱉는 저 연사의 말을 경청할지 말지 고민하며 생긴 주춤거림이 모음을 소거한 형태로 존재한다.

시대의 변화는 가파르고 변화무쌍하다. 그래서 과거에 굳어진 결과를 현대의 율동하는 잣대로 심판하는 게 폭력적이라 느껴질 때도 가끔 있다. 게다가 변하지 않을 것 같던 과거의 모습도 시간이라는 강물에 깎이고 다듬어지기 마련이다. 다함과 다정의 모험을 통해 나는 아마도 이런 얘기를 하고 싶었던 것 같다.

원래 작가가 의도를 주절주절 말하는 것만큼 꼴값이 없는데…… 슬프지만 해버리고 말았네.

설재인

© 설재인, 2024

초판 1쇄 인쇄일 2024년 7월 19일
초판 1쇄 발행일 2024년 8월 1일

지은이   설재인
펴낸이   강병철
편집   최웅기 박진혜
디자인   이도이
마케팅   최금순 이언영 연병선 윤선애 최문실
제작   홍동근

펴낸곳   이지북
출판등록   1997년 11월 15일 제105-09-06199호
주소   (04047) 서울시 마포구 양화로6길 49
전화   편집부 (02)324-2347, 경영지원부 (02)325-6047
팩스   편집부 (02)324-2348, 경영지원부 (02)2648-1311
이메일   ezbook@jamobook.com

ISBN 979-11-93914-27-4 (03810)

"콘텐츠로 만나는 새로운 세상, 콘텐츠를 만나는 새로운 방법, 책에 대한 새로운 생각"
이지북 출판사는 세상 모든 것에 대한 여러분의 소중한 콘텐츠를 기다립니다.